清华园名家演讲录

纪念朱自清诞辰120周年

李守奎 主编

图书在版编目（CIP）数据

清华园名家演讲录：纪念朱自清诞辰120周年 / 李守奎主编. —北京：商务印书馆，2022
ISBN 978-7-100-20423-1

Ⅰ. ①清… Ⅱ. ①李… Ⅲ. ①名人—演讲—中国—当代 Ⅳ. ①I267

中国版本图书馆CIP数据核字（2021）第210072号

清华园名家演讲录
——纪念朱自清诞辰120周年
李守奎　主编

商 务 印 书 馆 出 版
（北京王府井大街36号　邮政编码100710）
商 务 印 书 馆 发 行
北京艺辉伊航图文有限公司印刷
ISBN 978-7-100-20423-1

2022年7月第1版　　开本850×1168　1/32
2022年7月北京第1次印刷　　印张9⅛

定价：80.00元

写在前面

2018年，为了纪念朱自清先生诞辰120周年，清华大学举办了一系列活动，“自清讲坛——纪念朱自清诞辰120周年高端学术系列讲座”是其中之一。承蒙八位主讲人在讲演之后又细心地校订了记录稿，汇集在这里出版，希望能给更多的朋友分享。

朱自清先生是现代著名作家、学者，他的文学成就和学术业绩已经载入史册。虽然关于他的史料整理未称完备穷尽，他的作品和论著的内涵也须继续阐释发明，但我们纪念活动里的学术性主题，并未限定在朱自清本身，即如收在本书里的各篇讲演，也都由各位主讲人就自己的关心所在自由命题发挥。我想，这符合朱先生一贯的谦和性格，更符合他一贯秉持的以学术为公器的精神，是对朱先生的最好纪念。

朱自清先生1925年8月到清华学校大学部任教，至1948年8月12日去世，一直服务于清华。清华园里的“荷塘月色”，就是因为他的散文作品而成为超越时空的永恒风景。他是一名好老师，任职以后始终为大学一年级学生讲授“国文”，通过教学实践和写作实践，孜孜探索“文学的国语”建设之路；他开设的“中国歌谣”“中国新文学研究”课程，在当时的前沿性应该可以比肩鲁迅先生在北大首开的“中国小说史”课程，尤其是后一门课，后来成为一门学科的奠基。而他的《诗言志辨》《经典常谈》等学术名著，也都是在教学的过程中完成的。朱自清先生曾数度出任清华中文系的系主任，处理各类杂务，内心肯定不无烦恼，但他总是勤谨任事，把高远的理念落实到日常。在他执笔的“学系概况”“学程说明”以及“科目表说明”等事务性文字里，其实都蕴含或体现着对中国语言文学学科的长远构想，而他和闻一多先生共同提出的中外文学系重组的方案，至今也是值得深思的课题。

在纪念朱自清先生的日子，我们回想起他那一代的学人，那些曾经在清华中文系工作的前辈们：杨振声、陈寅恪、杨树达、刘文典、俞平伯、闻一多、浦江清、罗常培、王力、唐兰……原谅我无法在此写全这些前辈的名字，正是因为有这样一个学术群体，清华中文系才在当年成为“清华学派”里的一个重要部分，为中国的人文学术做出了贡献。

同样，我们也不会忘记清华中文系复建的历程。首先感念蒋天枢先生，身为复旦大学的教授，直到晚年仍念念不忘早年求学的母校，1982年提出“创办多种学科的综合性大学”的建议，认为最适合作为“试点”的就是清华。同时我们也深切怀念徐葆耕先生，中文系复建之后，他担任系主任的工作时间最长，殚精竭虑，苦心经营，以宽阔的胸襟和至诚的情怀，邀请到一批优秀学者加盟，组建了一个小而精的学术队伍，在任期间完成了从本科到博士研究生培养体系的建设。他曾著有专书探究和阐扬“清华学派”，我感觉，他内心里一直是以朱自清先生为楷模的。记得我刚到清华工作那天，蒙他在办公室里接见，在他身旁的墙壁上，就悬挂着朱自清先生的画像。

1994年9月，清华中文系首届汉语言专业本科学生入学，我转来清华任教，当时还算是青年教师。时光流逝，现在我成了名副其实的老教师，而徐葆耕先生已经故去，多位同事先后退休，思之令人感伤。但令人高兴的是，清华中文系近年来集聚了一批优秀的中青年学者，教学、科研都在生机勃勃地展开，这次纪念朱自清先生的活动，主要都是由他们筹划组织。如果前辈们有知，看到清华中文薪火相传、蓬勃向上的气象，一定会感到安慰的。

王中忱

2020年8月12日

目　录

第一讲　世纪的诞生

内容简介： 本次演讲通过回溯20世纪范畴的诞生与1900年前后中国思想界中帝国主义理论分析之间的复杂关系，论证现代中国的“世纪”意识与20世纪紧密联结。它与过去一切时代的区分不在于一般时间，而是对此独特时势的把握。在此独特历史时刻，人们不得不思考18、19世纪甚至更早的欧洲和全球问题，为现代中国创造出自己的前史，以辨别中国在全球视野中的独特位置。后半部分以20世纪初思想论争为线索，讨论这一独特时代意识在政治论争、历史研究和哲学—宗教论述中的呈现，分别研讨时间轴线上的社会形态之辨、空间维度上的中华之辨、内在性维度上的交往与自我表达（语言的性质）之辨，以及超越性维度上的普遍宗教和“正信”之争。在帝国主义与文明论双重阴影下，中国思想对独特性的探寻、抗拒和解构伴随了帝国主义时代而来的普遍历史，但其基本方向不是确认特殊性，而是重构普遍性。

主讲人介绍： 汪晖，清华大学首批文科资深教授，人文学院中文系、历史系双聘教授，清华大学人文与社会科学高等研究所所长。1996—2007年任《读书》主编。主要研究领域为中国近现代思想史、政治理论。著有《中国现代思想的兴起》、《去政治化的政治》、《反抗绝望》、*China's Twentieth Century*、*China from Empire to Nation-State*、*China's New Order*、*The Politics of Imagining Asia* 等书，另有日、韩、德、意、西班牙、葡萄牙、斯洛文尼亚语著作多种。2013年获意大利卢卡·帕西奥利奖，2018年获德国安内莉泽·迈尔奖。

很高兴有这样一个机会，我们中文系和图书馆联合举办这么一个讲座，而且是以我们老主任的名义来做这场讲座。之前王中忱老师跟我说，要我来做这个讲座，我也觉得是责无旁贷，虽然没有高论，不过觉得是应该的。

朱自清先生是1898年生人，1948年去世，所以今年是他的120周年诞辰，也是他去世70周年。我记得他是8月份去世的，是夏天，离现在的时候大概差得不多。朱先生是6岁的时候到扬州的，原来也是苏北人，连云港那边的。大家都知道，扬州在历史上经过"扬州十日"，所以真正的扬州人是很少的。我自己是扬州人，不过我的老家祖籍是安徽，都是从周边移到扬州去的。扬州人有个特点，就是比较喜欢说自己是扬州人，对于自己故乡的自豪感和认同感很深。朱先生就爱说自己是扬州人，虽然他在清华大学教书，中间也留学英国，可是他还一直有对家乡的认同。

朱自清先生毕业的中学是当年的扬州第八中学，也就是现在的扬州中学，不但是江苏省，而且是全中国最优秀的中学之一。清华大学有很多老师，特别是理工科的，都来自扬州中学。过去在扬州有一个说法，“跨进扬州门，望见清华园”，就是说扬州中学和清华之间有一个很特殊的联系，到今天它也是全国录取率极高的中学之一，很多人都毕业于这个中学。我是在“文化大革命”的时候念的中学，当时分区了，所以我没有这个荣幸上扬州中学，上的是鲁迅中学，但我的父亲是朱自清的校友，也是扬州中学毕业的。

朱自清先生的故居安乐巷，在扬州靠南面。我从很小的时候对那一带也是熟悉的。他的写作风格，文人的传统，的确和那儿的环境有一定的关联。我甚至觉得，他的民族意识也是与扬州有关联的。大家都知道史可法在扬州抗清的故事，扬州之前的这些故事好像一直有一个传统，就是既是文人性的，又有很强的天下观念和怀抱在里面。

我今天讲的题目叫作“世纪的诞生”。我讲四个问题：第一，如何界定20世纪中国的历史位置；第二，帝国主义和20世纪概念的诞生；第三，共时性、普遍历史和不平衡；第四，独特性和普遍性。我尝试从历史文本来对这四个理论问题做一些解释。

第一个问题，我们要讲如何界定20世纪中国的历史位置。为什么要讲这个？原因很简单，一定程度上说，这些年我们对于中国的历史传统重新开始关注，但是如何安置20世纪，在我们的总体历史叙述中一直是一个困难。我们从2008年奥运会开幕式张艺谋的设计就可以看出，前面有活字印刷，然后有21世纪全球化，就是20世纪不知道怎么放。如果大家去国家博物馆，会发现也同样存在这个问题。中国革命博物馆跟中国历史博物馆合并，有了中国国家博物馆，怎么叙述整个中国历史？前面的辉煌、伟大的文明每个部分都有比较详细的叙述，但是20世纪是比较困难的，不知道怎么摆它的历史叙述。这个现象，不仅仅发生在中国一个国家，但是我觉得中国有它的特殊性。

我列了几个不同的关于20世纪的主要解说，这些都很出名。首先是“告别革命”的叙述。因为20世纪是革命的、激进的，出现过各种各样的战争、暴力等事情，所以很多人觉得现在应该全球化，我们已经是一个新时代了，要告别革命。告别革命对我来说，基本上是类似于美国的历史终结论的中国版的一个表述。换句话说，我们今天感觉到的20世纪历史叙述的困难，一定程度上正是告别革命的历史观取得支配地位所产生出来的一个困境。

第二个叙述，“20世纪已经存在”。这是法国的激进哲学家阿兰·巴迪欧（Alain Badiou）的话，他在他的一本书——《世纪》的扉页上引了这句话，说这个世纪已经存在。已经存在的意思就是说，20世纪有很多现象似乎在历史上不可能发生，但是这个不可能已经成为不但是可能，而且是我们必须面对的存在，它是一个基本的事实。这在欧洲语境中是有一点挑衅性的，因为今年还是“六八运动”50周年，阿兰·巴迪欧是“六八”一代的带有革命性的哲学家，所以他对20世纪是从这样一个非常独特的视角，带着肯定性重新进行叙述的。

但是我们看历史研究的领域里面，孔飞力（Philip Alden Kuhn）说过这样的话：“中国现在国家的特性是由其内部的历史演变所决定的，在承袭了18世纪诸种条件的背景下，19世纪的中国政治活动家们其实已经在讨论政治参与、政治竞争或者政治控制之类的问题了。”其实他的这种看法非常普遍，包括我自己很熟悉的前辈，像沟口雄三，或者是其他学者，他们的一个基本叙述是，历史研究不再是以一个宏观的总方向，而是从所谓的地方史转向来展开，一是往地方走，一是往内部转，所谓的思想史领域里面讲内在理路，都是强调从内部的视角。其中有一个很重要的，也是我们今天讲的第三个叙述，是孔飞力在他的《中国现代国家的起源》里面说的。这个说法跟过去不同，挑战了他的老师费正清的说法。费正清（John King

Fairbank）是说“挑战—回应”，中国的现代变化是对西方的挑战的回应。孔飞力则说，现代国家的形成到底在多大程度上是一个中国的过程，要从中国内部来重新叙述这个历史。

我们如果把这三个代表性的论述——虽然是在不同领域：思想的领域、哲学的领域和历史的领域——放在一起，就可以发现，20世纪到底怎么放，事实上是一个未定的问题。所以到底怎么界定20世纪中国的历史位置，是一个重要的历史问题，一定程度上它也是跟我们最接近的、跟我们当代最接近的一个历史问题。

刚才在孔飞力的说法里面我们已经看到了，他说18世纪有诸种条件，到19世纪已经具备，后面才出现现代国家。他的基本意思就是说，20世纪的中国是从18世纪、19世纪到20世纪这样一个自然的历史演变的进程里面产生出来的，这样才可能有一个内在的叙述方式。那么在中国历史上到底存在不存在19世纪呢？我们要提出这个问题，当然是一个叙述概念上的问题。

我在这儿列了三本书，都是影响很大的关于19世纪的论述。第一本是霍布斯鲍姆（Eric Hobsbawm）的《十九世纪三部曲》，很出名。第二本是贝利（Christopher Alan Bayly）的《现代世界的诞生：1780—1914》，这是非常重要的一本书。第三本是奥斯特哈默（Jürgen Osterhammel）

的《世界的演变：19世纪史》。这三本书都是目前西方世界叙述19世纪的非常重要的历史著作。这些历史著作各自的角度很不同，霍布斯鲍姆的著作当然是以所谓的双元革命——英国工业革命和法国大革命——构成了18世纪晚期，再加上美国革命，奠定了整个19世纪的前提。其实，这个前提马克思（Karl Heinrich Marx）或者是波兰尼（Karl Polanyi）都讲过，这是大转变，现代资本主义的诞生。换句话说，世界历史中的19世纪的意思是什么呢？是说19世纪这个概念在整个历史叙述中具有独特性。它不同于其他概念，因为19世纪代表了整个历史的转折，就像贝利的这本书《现代世界的诞生：1780—1914》，换句话说，19世纪就是现代性的代名词，就是现代世界的代名词。什么叫19世纪？现代诞生了。我们有了现代政治、现代经济，我们的社会构造、公民权，等等，所有这一切都是在19世纪产生的。所以19世纪不仅是一个时间性的概念，而且带有规定性，它表示历史走到这儿已经产生出了一个完全不同于之前的社会形态，这就是所谓的现代历史叙述。

这些现代历史叙述的重要性在哪里呢？我们今天都很熟悉，在历史学研究领域里面经常有前现代、早期现代这样的论述。所谓的前现代、早期现代，实际上无非是19世纪这个轴心概念的衍生物。说前现代、早期现代，多半是讲17世纪、18世纪这个时期。前现代基本上是指中世纪，有时是17世纪之前，到文艺复兴之前，这个中世纪的历史是前现代的历史（当然文艺复兴是一个独特化的概念）。在欧洲的历史叙述里面，由于欧洲中心主义，19世纪一直是历史学叙述的重心，很多重要的历史学家都把他们的精力放在19世纪上面。如果看19世纪的政治经济学，这些主要学科的诞生都是跟19世纪连在一起的。所以19世纪不是一个普通的简单的时间概念。

奥斯特哈默这本书是最新的一本书。他这本书不是从政治的角度，而是比较多地从文化的角度切入。他认为，大量的知识存在于档案馆、图书馆，不同于过去的藏书楼，虽然也有很多学者研究现代图书馆跟藏书楼的关系，不过，博物馆、展览会、百科全书被积累和展示，用一种崭新的精确度进行测量和图绘，而世界中的人则被用全新的方式清点、分类和描述，信息的全球传递比以往任何时候都更快。他指的是这样的19世纪。19世纪在几乎所有历史领域的各个方面都发生了重大变化，因此19世纪的概念不是一个普通的概念，它是跟所谓的现代的概念连在一起的。

我刚才问的是，19世纪到底在中国存在不存在。我们常常想，19世纪在中国是一个什么样的时代呢？似乎是一个从高峰期跌落的时期。18世纪晚期在中国历史上是高峰，从文化上来说，京剧的徽班进京和《红楼梦》这样伟大的文学作品，都是从18世纪晚期开始出现的。但是19世纪，似乎是中国传统文明、古典文明衰落的一个时代，直到鸦片战争之后，才不断地通过学习西方重新跟进。总而言之，19世纪的中国，甚至可以说整个东北亚或者亚洲地区——除了60、70年代以后的明治维新发生了一些变化之外——都是被欧洲社会所有的变化所牵动的，在这一点上说，19世纪更像是一个很特殊的时期。在这个时期很难看到像刚才叙述的18、19、20世纪那样简单的序列性的演变，尽管存在着那些要素。

讨论19世纪和20世纪，需要我们先从“世纪”这个概念开始，从时间的角度开始。格里高利历（公历）这个历法1582年开始被天主教国家采用，但实际上它并没有普遍化，到170年之后才被英格兰和整个英国所采用。我们都知道，1917年十月革命之后的苏联才开始使用公历。土耳其是1927年。中国是在辛亥革命后开始使用公历的，但同时还使用民国纪年，到1949年之后，格里高利历才成为主要的纪年方式。在这个意义上，我们说20世纪是第一个世纪。由于存在着20世纪，我们的历史叙述才使得我们用“世纪”对19世纪、18世纪、17世纪和更早的世纪加以重新整理和叙述。这跟古典的历史叙述完全不同。在历史叙述的意义上，之前的历史是被20世纪所决定的，而不是20世纪的历史叙述被前面所决定。换句话说，当我们站在后世的角度，从20世纪来追溯它的起源——18世纪、19世纪到20世纪演变的时候，只不过是站在20世纪的意义上，重构自己的前史，这是它的时间性。所以整个“世纪”的概念是从20世纪而来的。

那么它到底是什么样的含义呢？一方面它是一个时间，我们都知道到今天是一九多少年，这是20世纪的时间和年代的标记，这是没错的。但是在世纪诞生的时候，为什么会突然使用这样的时间概念？这不是一般的时间标记，而是由对时势、状态、历史局势的认知所决定的。下面我要讲两个主要的问题。第一个是将他者的历史作为前史的时代。20世纪所构筑的自己的历史都不是简单地从单一的历史叙述里面来的，都是将多重历史叙述重新整合到这里面来的，离开这个过程，很难理解它的整个历史叙述的方式。第二个就是，只是在20世纪这样一个独特的时刻，一种全球的所谓可以通约的共时性的概念诞生了，虽然在之前，比如在魏源的时代、康有为的时代，1840年以后到1870年、1880年前后，已经开始出现试图用中国的历史纪年方式——比如今文经学、公羊学春秋三世说，把三世说扩大到整个全球的范围，而不只是中国历史的范围——来叙述某种全球性，但是只是在20世纪，一种全球的通约的时间观念才出现了，在此之前，人们很难这样来叙述历史，只是在20世纪才如此。时间和空间的问题，是我们认识论当中最核心的问题，如果没有这个变化，一切变化都不可能。

我们讲，你要改变一个民族或者一个社会的历史，首先就要改变它的时间，整个历史叙述就会发生变化了。所以一个新的全球共时性的诞生，与对多重历史叙述的整合，是我后面要叙述的两个主要线索。

回到霍布斯鲍姆。他有一本《极端的年代》非常受欢迎，很有影响，也是一个经典的叙述。跟他写的三卷本的19世纪史相比，他写的20世纪是非常简短的，就是这么一本。在他的整个论述里，他的19世纪史分了三卷，标题分别叫作“革命的年代”“资本的年代”“帝国的年代”。“革命的年代”就是指的双元革命，所谓双元革命就是指英国工业革命和法国大革命。所以，在他的笔下，20世纪并不是一个革命的年代，而是极端的年代。为什么呢？在他看来，18世纪晚期的两场大革命为此后的人类历史奠定了许多基础，比如政治民主，比如市场经济，这些到今天仍然是它的基础构造。所以他所谓革命的意思，带有原创性，而且带有创造性。极端的年代，在他的这个叙述里面，就是没有那么大的原创性，反而有很大的极端的破坏性，所以很明显的，这个论述里面带有贬低20世纪的革命的意义，俄国的十月革命和中国革命在20世纪里面代表了非常重要的历史事件，但在霍布斯鲍姆的叙述里面是模糊的。所以他所说的20世纪就是开端。为什么这个世纪是短的呢？它的开端是1914年第一次世界大战，终结是1991

年苏联解体，所以他说20世纪是和一个国家的历史相始终的，他指的是苏联。20世纪跟苏联的兴起和衰亡基本上是同一个时期，背后是一系列的战争。所以为什么是极端的？一个原因是跟革命年代相比，在他看来，没有提供那样的原创性。第二个原因就是大量的暴力和暴政，这包括在一系列的叙述里面。在整个叙述的基调里面，20世纪是作为一个失败的世纪叙述的。这是什么样的世纪呢？在他看来，苏联官僚主义失败了；中国革命转向了今天的市场经济，当然原有的目标也失败了；就是从资本主义方面来看，帝国主义体系也没有了，自由资本主义也失败了，现在都是国家干预型的，没有真正的自由资本主义的论述。所以在他看来，20世纪在很多时候被叙述成资本主义和社会主义的对立，他认为这是一个幻觉，更为根本的是启蒙和反启蒙的对立。这是他整个论述的中心。

但是我的看法跟他有相当大的不同。他的整个论述，从一战到冷战，基本上是从欧洲历史的中心开始的。在我看来，20世纪的确是一个革命的年代，一会儿我会讲到它的意义。前面提到的关于20世纪史的叙述里面，贝利是比较早地在全球史论述当中把非洲、拉丁美洲和亚洲对于中心地区的影响写入他的历史里面去的人，奥斯特哈默也是沿着这个叙述来的，但是在我看来他们的中心叙述仍然是欧洲的19世纪。对我来讲，20世纪真正的开端，是所谓的

“亚洲觉醒”的独特的历史时代。“亚洲的觉醒”是列宁在辛亥革命之后所写的一篇论文的标题，但是我指的是一系列的革命，中国的、土耳其的……也就是说20世纪作为革命世纪的诞生，不是从一个地方、一个地点、一个单一的时刻发生的，而是由一系列的事件组成的系列性的世界历史的重大事件。

20世纪第一场重要的革命是1905年俄国革命，这场革命跟中国的关系非常大。为什么呢？我们都知道，第一场俄国革命一定程度上是被日俄战争触发的，日俄战争中俄国失败了，《朴茨茅斯条约》对日本非常有利，也奠定了日本进一步扩张的基础，所以俄国爆发了这场非常重要的革命。我们中国对这场战争的研究是很不充分的。今年，我们邀请了东京大学和田春树教授来讲日俄战争，事实上我们关于日俄战争的研究，包括1905年革命影响的研究，都非常薄弱，所以在中国的学术领域里面，和田教授的《日俄战争》这本书填补了非常重要的一个空白。实际上，1904—1905年的日俄战争和俄国的战败，以及1905年的革命，影响都是非常深远的。因为日俄战争以后，这场战争被描绘成一个君主立宪的新兴亚洲国家——所谓的黄种的国家——击败了一个专制的白种人的国家，所以当时成为一个世界性的重大事件。这个重大事件的另外一个暗示就是，它对包括欧洲在内的社会主义运动产生了重大影响。

比如1904年“五一”劳动节的时候，由于这场战争，当年的卢森堡（Rosa Luxemburg）——非常著名的波兰裔德国社会民主党激进领袖——说，我们看到日俄战争，就知道历史正在发生重大变化。为什么呢？所有的社会民主党人和欧洲的这些社会运动还想在各个帝国之间进行协调已经变得不可能了，也就是维也纳体系所维系的大国平衡不可能了，今天必须通过革命才能解决欧洲的问题。也就是说，她要通过20世纪欧洲内部的阶级革命来推动这个变化。卢森堡在1904年发表的文章里面已经意识到，这场战争不但是对亚洲地区而且会对全球发生影响。事实上接着1905年的俄国革命，很快波兰就发生了抗拒俄国的民族主义运动，然后1906年就发生了波兰革命。同时，大家都知道，中国第一个真正的全国性革命组织——同盟会在日本成立，也是在1905年。如果大家读这个时期的报刊就会发现，关于革命、改良的各种各样的大争论，特别是民族革命的思想，就是在这个时候普遍化的。1905年到1907年，也是在俄国革命的背景下，发生了伊朗革命。为什么呢？因为俄国跟奥斯曼帝国之间长期在中亚有争夺，这些地区就发生了立宪的民族革命。1908年到1909年，土耳其发生了革命。1911年，中国辛亥革命。1917年，十月革命。我过去写过一篇文章，就写十月革命，我说对于十月革命的认知可以从欧洲的视角来认知，也可以把它放在亚洲革命的序列，所谓亚洲革命序列并不只是亚洲的，而是全球性的，但是可以从这个视角去理解这场革命所提出的基本问题，因为它所提出的问题跟欧洲革命是非常不同的。

大家都知道，20世纪，尤其在中国，是持续不断的革命，无论是保守的还是激进的理论家，都会把这个世纪看作革命的世纪。包括霍布斯鲍姆为什么要用“极端”这样的词，也是因为持续不断的革命。“文化大革命”叫“最后的革命”，这是阿兰·巴迪欧很早的一篇论文的提法，论文标题就叫“最后的革命”，就是说“文化大革命”是“最后的革命”。之后，哈佛大学专门从事“文革”史研究的学者麦克法夸尔（Roderick MacFarquhar）写了多本研究专著，最后一本跟瑞士学者合写的也叫《最后的革命》。他们都把它看成是最后的。当然，是不是最后的我们不知道，因为差不多在“文革”结束不久，就出现了1979年的伊朗革命，之后到今天的宗教问题和一系列的变化，都是在这个脉络下产生出来的。

所以在进一步叙述它的背景之前，我简单提两个特征，给大家做一个背景性的介绍，我们才能够理解后面的论述。20世纪有很多特征，但是中国跟其他国家相比有两个独特性，一个集中在它的开端，一个集中在它的结尾。它的开端就是，她的革命国家——中华民国作为一个新的共和国建立的过程当中，跟旧的王朝之间的断裂和连续的关系问题。我们刚才提到的伊朗、俄国，之后一战的奥匈、奥斯曼帝国，这些国家有一个共同的特点，就是发生了民族革命、立宪运动，然后旧的帝国解体，分裂成为很多民族的国家。而20世纪初期，中国的晚清，它的分离的局势，看起来跟这些帝国非常相似，但是结果非常不同。它的结果是在内战和革命过程中——一个漫长的革命过程中，在旧的王朝的地基之上建立了一个新的国家，也就是她的人口、地域，包括许多结构，看上去有很多连续性。这也是为什么像孔飞力这样的学者会说，现代中国的国家构造是从18、19世纪蔓延而来的。可是它如果只是一个自然的延伸的话，是无法解释这个变迁的。事实上，恰恰是因为存在着这些因素，如果我们不理解20世纪内部的这些变化和它的战争、革命和动员，我们就很难理解它的连续性。连续性不是自然发生的，连续性恰恰是持续的断裂所产生的一个后果。我们在这个意义上要理解它的独特性。再说它的结尾。我们都知道1989年发生了世界性的变化，到1991年苏东社会主义体系解体，那个危机也是从中国开始的。但是最终中国基础的政治构造没有发生像东欧、苏联那样的变化，而她的经济和社会的演变则是根本性的。这就好像革命与后革命之间，又一次产生了断裂和连续，我把它也称之为绵延，它有一种绵延性，但是这个绵延内部是断裂的。这是20世纪中国带给我们的两个重大问题，我们到底该怎么解释中国的这个现象？

我现在来解释一下“20世纪”这个概念的诞生，它是跟帝国主义的范畴密切相关的。“世纪”这个概念，在传教士译《创世记》的时候中文世界里就已经有了，不过比较明确地把“世纪”作为一个独特的概念和范畴来指涉一种独特的时代状况，是1900年前后才开始的。我能够找到的最早的比较有意义的一个系统性论述，是梁启超在1900年1月30日写的长诗《二十世纪太平洋歌》。它的标题里面除了“歌”之外，是把“二十世纪”和“太平洋”结合在一起，有一个很强烈的暗示。我们都知道，梁启超参与了1898年戊戌变法，也就是朱自清先生刚刚诞生的那一年，他们从事戊戌变法，失败了，流亡到日本，在日本待了一年之后，他就要去美国，途中到了夏威夷。他去美国本来是应孙文的邀请，因为那个时候他比较倾向于革命，但是很快他的老师康有为发现了他的思想动向，就阻止他，不让他去美国，让他先在夏威夷处理保皇会的一些事情。

1900年1月，那天夜里，他大概是心潮澎湃，睡不着，就写了这首诗。所以他一开始讲：“亚洲大陆有一士，自名任公其姓梁。”大家注意这些用词，在今天都是很自然的。第一个他讲自己，对自己的认同，像朱先生说我是扬州人，梁先生说我是亚洲的，这本身是一个带有世界空间的自我认同，是在夏威夷发生的。我很难想象，如果还在北京，他会这么说。恰恰是因为去了日本，又去了夏威夷，又要去美洲，他才把自己命名为亚洲大陆的一个“士”。像这样的句子背后都隐含了一个全新的空间，如果没有这个变化，是不能够产生自我的描述方式的。他说：“誓将适彼世界共和政体之祖国，问政求学观其光。”他是要去美国，这是世界上最伟大的一个共和的政体，所以他把20世纪跟美国联系起来。他为什么要写20世纪呢？是跟他对美国的眺望有关系。他说：“忽想今夕何夕地何地，乃在新旧二世纪之界线，东西两半球之中央。”只有新的时间和空间概念发生的时候，才会这样来叙述，把自己的位置放在这里，不但是中国，也把自己个人放在这里。

有意思的是，这首长诗是把公羊三世说——据乱世、升平世、太平世——和西方文明论的进化史观结合起来描述了一个世界史。据乱世是指以中国、印度、埃及、小亚细亚四大古文明为主体的河流时代第一纪。大家注意，这个河流时代地区纪是时间性的，但是前面所说的这些文明是空间性的，时间跟空间在这个地方发生了互换，这是欧洲文明论里面非常重要的一个基本叙述方式。升平世，就到了欧洲了。地中海、波罗的海、阿拉伯海，当然还有中间的黄海、渤海，周边文明为主体的内海文明时代的第二纪是升平世。第三纪，以哥伦布发现新大陆为标记的大洋文明时代是最新的发展。很有意思的一点是，他的整个叙述用了据乱世、升平世、太平世，但是在最后一个部分，讲哥伦布以后的时代，太平洋时代，也就是真正的美国世纪的诞生，他却没有使用太平世。这个地方实际上是不存在太平世的。他的这首长诗里面匮乏的是最后一个世纪的命名，没有太平世。他用乱世和小康描述前两个文明阶段，没有用大同，也没有用太平世来讲述新的这个时代。他称颂这个时代，说美国这个伟大的政体有“四大自由”，即“思想自由、言论自由、行为自由、出版自由”，四大自由“塞宙合，奴性销为日月光”，好像是很伟大的时代，但是同时是最危险的时代。因为他说：“悬崖转石欲止不得止，愈竞愈剧愈接愈厉，卒使五洲同一堂。”后面讲的是科学技术的发展。而最后一段话是很重要的，他说，今天是一个什么样的时代呢——

> 今日民族帝国主义正跋扈，俎肉者弱食者强，英狮俄鹫东西帝，两虎不斗群兽殃。后起人种日耳曼，国有余口无余粮，欲求尾闾今未得，拼命大索殊皇皇。亦有门罗主义北美合众国，潜龙起蛰神采扬，西县古巴东菲岛，中有夏威八点烟微茫，太平洋变里湖水，遂取武库廉奚伤。蕞尔日本亦出定，座容卿否费商量。

后面讲现在是物竞天择，这受了严复翻译的影响。大家仔细看他的这首诗，实际上非常准确地描述了1900年前后独特的历史条件。前面是科学技术，他这个地方用的是“民族帝国主义”这个词。这个词受了日本当时对帝国主义定义的影响，可能在这个意义上开始用national imperialism，实际上是把帝国跟民族主义结合，也就是说这个帝国不同于旧的帝国，它是以民族国家主权形式所构造的一个新的帝国主义。在这个背景下，英国、俄国作为老牌的东西两大帝国，是一直在的，但是在1900年，德国工业总规模超过英国，所以德国已经开始崛起。而且更重要的是，“欲求尾闾今未得，拼命大索殊皇皇”，大家都知道，甲午战争之后出现了“三国还辽”，之后，德国要获得青岛的权益，所以德国在这个时候已经介入中国和亚洲的背景里面。最后梁启超说古巴、菲律宾、夏威夷，这是什么意思？因为1890年正是美西战争之后，美国先后占领了夏威夷、古巴、波多黎各，也就是说美国的门罗主义开始改变，向整个太平洋地区扩张。所以，他说这是太平洋时代的诞生。也就是说原来以欧洲为中心、以大西洋为中心的时代，逐渐开始了权力重心向太平洋的转移，而向太平洋的转移里面，有两个新的重要角色，一个是美国，一个是日本，同时也包含了德国这个新的帝国主义国家的出现。所以他后面的这个叙述，讲太平洋，包括西伯利亚铁道、巴拿马运河、电报、电缆，各种各样的新技术的发展，不只是精确性和科技发展，而是这些技术和这些东西的运用，和一个完全不一样的地缘政治、经济和军事的构造连在一起，进入了一个新的时代。所以他对20世纪的界定，是跟这样一个对时代的基本判断密切联系在一起的。

那一年他没走成，到了第二年，梁启超终于去了美国，在美国游历，观察整个美国的变化。1903年，他发表了一篇很重要的文章《二十世纪之巨灵托辣斯》，托辣斯（今通用“托拉斯”）是美国式的垄断组织。当时他做了一个预言，我们站在21世纪来回看，他的预言可能不尽准确，但是是具有预见性的。他认为不出百年，世界可能就只有少数大国了，不再有那么多国家，国家总数会下降，不出五十年，世界将仅剩数十家大公司，政治上的一切机关和武备都会成为保障经济生产之附庸。到了这个时候，一个垄断性的经济时代出现了，主要的冲突是经济问题，帝国主义、社会主义都是在这个时刻由不同的政治脉络推动发生的重要变化。他说这些其实都是19世纪之反动，就是说这些变化跟欧洲19世纪的那些自由资本主义是完全不一样的。后面说托辣斯就是“生计界之帝国主义。政治界必趋于帝国主义，与生计界之必趋于托辣斯，皆物竞天择自然之运，不得不尔”。他这个描述，当然是进化论的一个描述，但是他描述出了一个时代背后的经济和政治的性质。19世纪以来，有鸦片战争，有无数的战争，军事的侵略是常态，在历史上不断出现，但是这一轮的入侵、变化和竞争，最大的不同是经济组织形态和经济动力逐渐成为核心。因此，他对20世纪的认识跟帝国主义这个问题有非常密切的联系。

稍后，梁启超在《新民丛报》发表《外资输入问题》，研究报告说："近今列强之帝国主义，皆生计问题趋之使不得不然也"，而资本过剩"实列强侵略中国之总根源"。在这个意义上，"二十世纪以后之天地，铁血竞争之时代将去，而产业竞争之时代方来。于生计上能占一地位与否，非直一国强弱所由分，即兴亡亦系此焉"。国内、国际的托拉斯，都是由全球性的国际竞争而来的。他对托拉斯的论述里面当然有很多错误的理解，他认为这是为了解决自由竞争所导致的问题来平衡的一个结果。但是我们知道，美国有很多反托拉斯法、反垄断法，都是针对这个来的，因为托拉斯部分地就是自由竞争的一个结果，而且它会带来这样一个产物。这方面已经有一些研究，台湾有位学者叫赖建诚，他专门研究过关于这篇文章的文本比较。

同一个时期，关于帝国主义的论述就很多了。1900年年底的时候——《太平洋歌》是在年初的时候——郑贯一、冯自由和冯斯栾（号自强）三人合编了一个杂志《开智录》。杂志上标注的日期，除了1900年12月22日，中历庚子年正月初一日，东历用的是明治三十三年十二月二十二日，三个不同的历法，也就是多元的历法时间在同一个空间叙述当中出现。冯斯栾在《论帝国主义之发达及二十世纪世界之前途》里面讨论20世纪的前途。他对帝国主义做了个区分，一种是以恢复帝制或帝政为特征的波拿巴帝国主义为代表，另一种是北美的帝国主义，两者之间存在性质上的差异。前者是整体的形式为标志，后者是对外扩张为症候。我们大家都知道，今天在社会理论里面经常要把帝国主义和帝国做出区分，现在在历史学领域里面经常使用帝国，它是指跟现代民族主义不同的一种政治类型，里面有多民族、多宗教等大型的政治多元文化的共同体，而民族国家相对来说要求文化的单一性。区分帝国主义和新旧帝制，就是把之前的那个多元性帝国和以后主要以主权国家为核心的这种帝国主义做出一个形式上的区分。事实上，这个问题在当时就已经被意识到了。帝国主义问题在这个时期是跟20世纪密切相关的。冯斯栾说："今天下人士之想望二十世纪之文明者，必曰：二十世纪乃精神的文明之时代，全是自由与公义之世界也。"这是梦想，因为20世纪面临的挑战可能是更大的。后面他说："今亚、非二洲，正当非（指菲律宾）、杜（指杜兰斯瓦尔）事后，将来Independence（自由，又译曰独立）与帝国主义之大争"，是这个时代的一个主要特点。

差不多就在同一个时期，1901年，日本发生了社会主义运动。日本一位非常重要的社会主义者、无政府主义者、直接行动者幸德秋水，写了一本书，这是东亚地区我们所能看到的第一本以专著形式出现的帝国主义论，叫作《二十世纪之怪物——帝国主义》。梁启超讲托拉斯叫二十世纪之巨灵托拉斯，这个是叫二十世纪之怪物——帝国主义，一个是巨灵，一个是怪物，都差不多，都是讲20世纪，一个是讲托拉斯，因为托拉斯是生计，是经济上的帝国主义，幸德秋水讲的是政治、民族上的帝国主义。有一本英文的书，*Monster of the Twentieth Century: Kōtoku Shūsui and Japan's First Anti-Imperialist Movement*（Robert Thomas Tierney, Oakland: Unversity of California Press, 2015），研究幸德秋水的，如果大家不能读日文的话，可以读英文本，这本书把他的全文翻译成了英文，附在后面。

我们再看同一个时期，1902年，在《新民丛报》上面，雨尘子也在重新界定19世纪和20世纪，认为前者是欧人内部竞争之时代，后者为欧人外部竞争之时代。这是很有意思的，因为内部竞争和外部竞争不仅是一般的欧洲内部的事情，同时既是空间性的，也是时间性的。外部的竞争是20世纪的主要特征，而内部的竞争是19世纪的主要特征。如果大家熟悉政治理论的话就知道，葛兰西（Antonio Gramsci）在讨论霸权这个概念的时候，常常是讨论一个国家内的阶级之间斗争的模式，但是毛泽东则是用反霸这个概念，他在全球性关系当中产生出这个论述。它们的区别是从国家内部主权的争夺到全球性关系当中的争夺。这里孕育了20世纪的一个很重要的思路：把被压迫民族也放在阶级范畴内来思考问题。但是有一点，中国的评论者几乎无一例外地都看到了这个新的竞争的主要动力是经济性的。这跟刚才所讨论的幸德秋水不太一样。帝国主义理论最经典的讲述是列宁在1916年的《帝国主义是资本主义的最高阶段》中讲的：垄断的金融资本主义会导致帝国主义。幸德秋水不同的地方在哪儿呢？当时的日本在经济上谈不上已经达到了欧洲资本主义的最高阶段，无论是工业和金融，都不是真正的高级阶段，而是一个相对不那么高级的阶段。可是幸德秋水却把这个帝国主义问题跟民族主义和爱国主义——也就是一个主观的方面——结合起来，他是要分析、研究日本为什么在经济还没有达到那个规模的时候，已经向帝国主义演化了。而中国的评论者，绝大部分都在讨论经济和政治之间的关系问题。

我有几个主要的分析。一是我认为关于晚清思想，一般研究聚焦于反满革命、立宪改良、国家主义、民族主义，而常常忽略了促成梁启超这些人转向国家主义的契机，其实也同样是对帝国主义的思考，就跟其他人的转向社会主义的思考是一样的，梁启超的许多论述里面都有对社会主义条件尚不成熟的分析。另外一个，帝国主义既是一个经济的概念，也是一个政治的概念。所以卢森堡一方面将帝国主义解释为资本积累的形式，另一方面又强调它的政治性。帝国主义是一个政治名词，用来表达在争夺尚未被侵占的非资本主义环境的竞争中所进行的资本积累。晚清的争论里面有一个很重要的特点是把国家和民族区分开来，把国家主义跟民族主义区分开来。比如章太炎强调民族主义，而康、梁比较多地讲国家主义。这个区分实际上是从对帝国主义的双重特性——即经济特性和军事特性——的不同评估当中产生出来的，不是所有方面，在很大程度上是跟对20世纪基本矛盾和冲突的根源的分析有关系的。

在一个世界历史的背景下来看，我们可以看到在当时并不仅仅是中国人，而是全球同时都在关注类似的问题。梁启超是1900年写的《二十世纪太平洋歌》，幸德秋水的书写于1901年。在欧洲历史里面同时已经开始了这些讨论。不过第一本被公认为讨论帝国主义的经典，是霍布森（John Atkinson Hobson）的《帝国主义》，1902年出版。拉法格（Paul Lafargue）是马克思的女婿，他是阿尔及利亚人，1903年他发表了小册子《美国的托拉斯及其经济、政治和社会的意义》，这是最早的一本研究垄断组织和帝国主义关系的著作，非常重要。梁启超的那篇长文跟拉法格的这个著作是同一年发表的，他们之间并没有直接的关联，但是他们都在关心同样的问题。之后，1910年有希法亭

（Rudolf Hilferding）的《金融资本》，1913年有卢森堡的《资本积累论》，考茨基（Karl Kautsky）1914年发表了《帝国主义》，列宁1916年发表了《帝国主义是资本主义的最高阶段》。从1900年到1916年，基本上构筑了整个帝国主义理论的20世纪政治经济学，它的核心跟19世纪政治经济学不一样的地方就是从对帝国主义历史和经济政治规律的再研究反映出来的。我们做中国思想史的常常会说，现代以来的中国都是受西方的影响，实际上在这个意义上，不是谁影响谁，而是在互相的关系里展开这个问题。当时帝国主义还没有瓜分的土地主要集中在亚洲，所以亚洲地区在这个背景下最深刻地理解到全球性帝国主义的性质。而当时关于帝国主义的这些论述，一种是从金融和垄断组织的角度来研究的，一种是从积累和过剩的角度来研究。资本的大量积累导致生产过剩，导致一定要对外扩张，所以帝国主义的政治形式，对内是国家关系，对外是对外扩张，帝国主义变成它内外的两面。这两种论述最后被综合起来，列宁就把所有的这些综合在他整个的论述里面。

如果我们在这个系列里面来看待当时中国的这些评论者们、这些知识分子对于时代的认知，可以说他们是站在全球思想的最前沿来思考当时的变迁，尽管中国当时的经济形态是比较低的，还很少有那样的垄断组织，这些问题不存在。他们是为了探索中国怎么才能够在一个帝国主义时代幸存下去、能够发展起来而做的这样一个研究。所以刚才我使用的共时性的意思就在这儿，这些人都生活在不同地区、不同语境下，但是在观察同一个现象，而且他们自觉不自觉地达成了很多共识，我们现在很难判断到底有多少直接的影响关系。但在这个时期，中国最敏感的知识分子是走在对于那个时代最核心部分的认知当中的。

我认为20世纪的诞生不是在一个点上，而是在一个序列里面，可以被称为亚洲觉醒的序列，也就是从1905年到1911年或者1917年，最后可以延伸到整个北伐战争，这都是一系列的20世纪早期起源的历史，革命起源的脉络。

下面我来讨论第三个问题：共时性、普遍历史和不平衡。帝国主义不仅是一个扩张性的经济和军事体制，还是一种意识形态和价值谱系，它不断地借助扩张性的知识渗入到各种关于他人和自我的叙述里面去。所以世纪的意识，既是被它渗透的、对这个进程的自觉，同时又是对它的抵抗。革命当然是很强烈的抵抗，但是我们也可以看到，梁启超也好，杨度也好，他们同时都认识到，由于这个情境，我们必须开始顺应这个时势，也就是学习对方的变化，这是一个相互渗透的过程。因此我说世纪的意识很难从单一的历史内部简单地衍生出来，也不可能被完整地纳入时间的轨道。东西古今，我在这儿说这个也是有一定的针对性，因为我们现在很多的文化争论似乎又回到了晚清、“五四”

东西文化论战的时候，讨论的是东西古今的问题。实际上它经常诉诸本质主义的文化差异，但是它的核心是什么呢？这个时候，单纯地诉诸历史轴线来思考问题已经变得不太可能了。在这个独特的时刻，这些敏感的中国人不得不去思考18、19世纪，甚至更早时期的欧洲和全球的问题，为现代中国创造自己的前史，来辨别中国在这个全球视野当中的特殊位置。世纪的概念提供了一种认识论的框架，后者可以将多元空间和多元时间纳入共时性的普遍历史。文化的差异由此被解释为不平衡（unevenness）。不平衡的意思是说，大家处在一个共时的体系内，可是这个共时体系内有不平衡，不是简单的本质性差异。甚至不仅是在近代的历史，我们看那个时期关于考古学的思想，都把古代史放到文明史不同的几个关系当中来描述，这都是在这么一个独特的历史背景下，在一套时空关系变化当中组织起来的认识论的结构。

在中国和东亚地区的情境当中谈论20世纪与过去一切时代的区别，并不只是在纵向的时间轴线上展开的叙述，更是在横向的整个世界关系的总体变化当中产生的辩论。因此，对新世纪的判断包含着，也提供着一种新的时空框架，一种不同于公羊三世说和社会进化论的新的时势观。世纪的意识传达的是一种同时代性的感觉，一种将不同空间及其历史脉络纳入同时代性的普遍视野的认知方式。在这种普遍性的视野当中，东西古今的关系既不能用中体西用的二元范畴加以描述，也无法以欧洲版的普遍主义给予规范。世纪的概念标志着一种普遍历史观的诞生，以及对这个普遍历史内部的不均衡性和由此产生的矛盾和冲突的思考。所以我说，20世纪的特征之一是互为前史的时代，是把别人的历史当成自己的一个历史脉络来思考的时代。

在20世纪，将非西方地区纳入欧洲普遍历史的叙述方式，这个文明等级论的历史论述，实际上是当时帝国主义意识形态的核心内容。但同时这个认识方式又被许多知识分子——非西方世界的知识分子——变成他们的变革理由，这就是进步论的历史观在这个框架下的出现。所以当中国的思想者持续不断地把西方和其他地区的历史作为中国变革和革命的思考前提时，挪用、修订和抵抗帝国主义意识形态并寻求新的替代物，势必成为这个时代中国思想的重要方面。所以我说，新的政治思考跟过去是不一样的，如果读中国古典政论，我们都是讲三代以上、三代以下，前面秦皇汉武如何，每一个前朝如何，都是从这个脉络下来叙述自己的政治应该怎么做。可是到了20世纪之后，所有的政治思考处在完全不一样的框架下，关于欧洲历史、法国大革命、苏格兰启蒙、美国革命的每一次争论，都包含着对中国历史本身的争论。这是跟整个政治思维发生重大变化有关的。所以我说，新的政治思考具有某种反历史的性质，它不是简单地从过去到现在，而是突破历史叙述的传统边界，将关于其他世界的叙述都纳入有关自身社会的政治思考内部。20世纪中国的前史，正是在这个将外部纳入到内部的过程当中诞生的。

我们来简单看一下晚清时期的这些讨论。当时为了讨论中国到底要走什么样的道路，他们援用、讨论的历史脉络是俄国革命、法国革命、土耳其革命、德国问题、美国问题，另外，还有大量的关于日本甚至还有印度和其他地区的历史，全部都成为当时争论的要点。这些政治思考的方式在过去是很难发生的，即便是大儒，比如顾炎武虽然在《日知录》里面稍微说到一些周边的事情，但不可能出现20世纪的这种论述方式。把其他人的历史和他们的历史论述，都变成了我们要走什么道路的论述，这是20世纪非常重要的一个特点。

最后我简要说一下我讲的这个世纪概念的四个维度。

第一个维度是时间的维度。20世纪一个非常重要的历史现象是进化和进步概念的出现。世纪的概念先是寄托在公羊三世说、进化论这些框架下，之后逐渐和一种新的时间观联系在一起。这里面最出名的是严复，他讲历史演化、社会形态和民族主义，除了《天演论》之外，我要特别提一下甄克思（Edward Jenks）的一本书，叫《社会通诠》，严复翻译的，他把整个人类历史按照蛮夷社会、宗法社会、军国社会这三个主要的社会形态加以分析。严复又在一系列文章当中说，中国因为还停留在宗法社会，所以带有排外性，带有民族主义的特点。这样的一套进化史观遭到了章太炎的严厉反击，他的《俱分进化论》《〈社会通诠〉商兑》都是针对这套文明论叙述的批判。他的批判的一个独特方式是，从中国的宗法社会和甄克思所讨论的宗法社会之间的差异入手。他说，你说的欧洲宗法社会跟中国宗法社会是非常不同的。我不去重复他的论述。章太炎质疑了这种论述方式，就是我们现在学习的社会学的或者政治学的这种形态学的论述，这些社会形态学的论述都省略了历史的多样性和变异形成结构，不是动态的、不断变化的。在章太炎看来，即便是在西方宗法社会，过去和不同地区的形态也是不一样的，中国也是不一样的，不能把中国跟西方做简要的对比，甚至每一个类型，它的历史变化内部也必须重新展开来讨论，由此来展开中国历史演变的一个非常独特的轨迹。章太炎抵抗西方普遍主义的论述，质疑普遍理论的普遍性。我们现在有很多人为了批判西方中心论，经常说中国非常特别，中国是独特的、不同的，但是章太炎强调的不是中国有多么不同，而是西方这个理论的普遍性源自历史的特殊性，它不是从普遍历史里面产生出来的，而是从一个特殊的历史里面产生的，所以它的普遍性本身是可疑的。章太炎由此来分析这个理论用于中国的过程中的错误，又通过对中国历史独特性的讨论，重构一种能够容纳这种独特性的普遍性。他并不是说中国的独特性就是普遍的，而是强调每一个历史本身所包含的这种独特性，我们要创造的新的普遍性是把这些历史变迁都容纳在内部的。章太炎后来提出“齐物平等”，这是他在《齐物论释》当中提出的一系列理论里面很重要的部分。

第二个维度是空间的维度。空间的维度涉及认同、区域和主权，因为我们到底是讲中国、讲亚洲，刚才一开始我讲梁启超在夏威夷的时候，意识到我是一个来自亚洲的士大夫。杨度的《金铁主义说》这篇文章，讲到黄金、黑铁，大家熟悉鲁迅的《文化偏至论》，里面批判的就是杨度，讲黄金、黑铁、立宪、国会，都是指的这些，就是经济和军事。他所说的黄金、黑铁，其实是说今天的世界，在帝国主义条件下的这个世界的特点，就是经济国、军事国合为经济战争国，这个时候的国家性质是经济和军事合成为它的主要功能，就是经济和战争。所以杨度说，为什么他们当时要搞五族君宪，要建立以国家为中心的论述，是意识到帝国主义的主要竞争就是靠这个，所以要想幸存下去，就要走这条道路。这是他们这些基础性的立宪主义者和国家主义者的主要论述。他讲五族君宪，也就是在这个意义上来讨论的，因此要讲保全整个清王朝的地域和人口，在这个基础上建立一个立宪的经济战争国。我们可以这么说，要建立这样的一个国家类型，才有可能在这样的世界上竞存。同样的，主张革命的这一方，像章太炎在《中华民国解》里面实际提出的问题，就是如何在帝国主义条件下重新夺取和巩固历史形成的多民族社会的政治主权，他的第一步是指内部需要进行政治革命。我们今天知道新儒家提出文化中国和政治中国，在章太炎的整个叙述里面，其实是不存在政治中国和文化中国的截然区分的，因为政治中国和文化中国在那个条件下只能是合为一体的政治论述，是不能够把它完全区分出来的。他讲华夏汉，讲族名、制度、国都得合在一个框架下面，才能去讨论中华民国的政治认同。在当时他要讨论的主要问题是政治制度，到底革命和君宪的问题，不在于是不是要分和合，尽管里边有大小民族主义的讨论，但他真正的核心在于用什么样的政治形式来构建一个主权的政治体。

我在这儿引用查特吉的一段话。查特吉是印度的理论家，他说："亚非最有力量和最有创造力的民族主义想象，并不是基于某种认同，而是基于与现代西方推崇的规范民族社会之间的不同。如果我们忽略这一点，就会把反殖民的殖民主义贬义为它自身的一个漫画形象。"如果没有一个全球性的帝国主义论述的视野，不同区域之间围绕民族问题所产生的争论和争论的差异，是没有办法获得充分的表达的。所以不是跟西方民族主义的相似，而是差异，才构成我们理解在这个地区民族论述的意义所在。我举个简单的例子。我前些天刚从韩国回来，由于南北会谈、南北和解，两边的首脑会谈，南北统一问题提上日程。如果在欧洲民族主义的叙述里面，这是一个典型的民族主义框架，可是在这个作为殖民主义、帝国主义和冷战后果延伸的分裂状态下要求得和平与统一，它所包含的内涵是不能够简单地放在欧洲民族主义框架下给予一般性的论述的。要想理解这件事情背后的政治内涵，就要理解民族社会之间的不同。这个不同到底在什么地方，当然是大家可以去讨论的。

第三个维度，我把它称之为内在性的维度。20世纪一个非常重要的部分是自我表达，是关于我们的自我的论述。这个自我的论述，不是简单地诉诸情感的一般叙述，而是通过语言的表达。语言怎么能够表达呢？20世纪非常重要的一件事——从晚清开始，到“五四”最激进，一直到新中国——就是不断地进行语言革命，持续地对语言进行改革。语言革命实际上是对自我表达的一个革命。怎么去认识这个语言符号呢？比如康有为的《大同书》当中讲语言文字是人为的，体体皆可。当时，包括无政府主义者，他们都觉得可以把它当成一个工具来看待。无论是简化还是激进的汉字废除论，都是在这个脉络下产生出来的。所以语言作为工具，和自我、他者的关系似乎是一种独特的解释。万国新语里面讲要废弃目下中国之文字，非采用万国新语不可。万国新语指的是世界语。当时他们甚至激进到要废除汉字，用世界语，当时英语还没有这么霸权，《新世纪》的人认为如果世界语不行，用法语也可以，后来就变成英语了。也就是说这个自我表达当中所产生出的语言革命，所产生出的自我认知和自我表达上的一种独特的偏移，和另外一种语言观之间产生了重要的冲突。这个是章太炎说的，他说："文字者，语言之符；语言者，心思之帜。虽天然言语，亦非宇宙间素有此物，其发端尚在人为，故大体以人事为准。人事有不齐，故语言文字亦不可齐。"他是从哪儿出发的？他说，语言这个东西作为符号，当然也不是本来就有的，都是人的，但是它是一个创造的过程，是自我表达，所以语言不仅仅是工具，语言是自我表达，它是要表达自我的。所谓工具的意思是说它跟别人的关系，两个人交流一定要通过语言，但是语言同时还表达着自我。因此这个形式问题不是一个一般的问题。朱自清先生他们这一代人的贡献极大，他对于现代白话的贡献，就是塑造现代人的自我，自我叙述。因为如果没有这样一种语言，比如我们忽然变成世界语了，变成法语了，或者我们的书写文字变成俄文或者法语符号，像越南、蒙古或其他地区一样，我们今天的自我表达的形态肯定会发生变化。如果大家去新疆地区，你会知道新疆的哈萨克族用一套语言符号，但哈萨克斯坦用俄语符号拼写。同样是说哈萨克语，国境两边的符号发生了变化之后产生出很大的文化不同。由此可见，每一个符号性的变迁，背后都涉及自我问题，这也是内在的，到底我怎么理解我自身的问题。因此，尽管今天很多人对白话有批评，“五四”这一代白话的形成和成为新的规范，我确实觉得是朱自清先生、叶圣陶先生他们这些人非常重要的一个贡献，是语言上的贡献，给现代中国人的自我表达提供了新的空间——当然不仅是他们，鲁迅先生，整个现代文学，甚至包括科学，都内在于这个过程里面。

最后一个维度，我要提到所谓的超验的维度，或者超越性的维度。一般现代中国革命的历史里面，特别是它的前半期，共产主义革命跟超验的关系，所谓的超越性的关系，是一个复杂的问题。而宗教维度在它的早期确实是重要的。总的来说，中国革命是世俗的，是越来越趋向于世俗化的革命，但是在这个革命的进程之中，它建立起一个我们称作是超验的维度或者是未来的维度，这是一个非常独特的现象。我在这儿要引用鲁迅的一句话：“伪士当去，迷信可存，今日之急也。”强调正信的问题。在这个时期，关于孔教的问题，关于佛教的问题，包括关于墨子学说当中的宗教性的问题，突然大规模地出现，更不用说基督教的问题，也同样出现了。所以在这个时期，的确持续地出现着宗教的维度。当然这些维度最终主要的表现形态不是宗教性，是革命和对未来的一个期许，就是对中国变迁的未来的期许。我把这几个放在一块儿来说。康有为的《大同书》是基于一种大同的理想，综合了儒学和佛教。章太炎是把庄子跟唯识学综合起来，我把它叫作否定的乌托邦，或者是否定的公理。刘师培、吴稚晖是平等，绝对的现代平等。然后是帝国主义时代的民族主义、国家主义、社会主义，这里的社会主义主要是指那些社会政策。这些基本上是在资本主义体制内部对它进行修订的不同方向，甚至以后出现的法西斯主义，都是在它内部，它们互相冲突。我为什么要提出这个问题，因为一定程度上，共产主义、大同学说这些东西不完全是内在于资本主义体系的，它带有一个超验的部分，一个超越性的部分，所以我把它跟前面的论述放在一个范畴内加以说明。

我今天只是讲一个开端。20世纪这样一个独特的时代，它到底是怎样诞生的？如何去理解20世纪这样一个过程？我最近刚刚完成的书里面，一本讨论世纪的诞生，一本讨论世纪的终结，中间还有一本讨论世纪的多重时间，多元的和多重的时间如何被组织在这个关系当中，以及它们相互的矛盾和冲突。在这个意义上我们怎样去理解20世纪和我们自己？在座各位都是年轻人，虽然出生在20世纪的末尾，但基本上算是21世纪的人，像我这样的是20世纪中期出身，经历了20世纪后半叶整个变迁的时代，我觉得对于这个时代需要给出一个交代。朱先生可以说是20世纪的同龄人，我们算是他的后半期。这个时期，是我们中国历史上变迁最为剧烈，极少有的在一个极度压缩的时间当中发生无数的创新，因此也产生出无数的困难，甚至是悲剧的这么一个时代。它确实发生了很多问题，但是它无法绕过，因为在今天，几乎我们所有的行为方式、语言方式，我们所有的日常生活，都被这个时代所改变。我们可以看到，如果倒退——不用到一百年——几十年，朱先生的时代，我的外婆的这一代，都还是裹着小脚的，男人是留着长辫子、穿着长衫的，男女不能够同学，不会有像现在这样的图书馆。这是完全不一样的生活世界。20世纪高密度的创新和探索所带有的预言的性质，到底意味着什么？为什么我说20世纪带有预言的性质？为什么我最后要讲超越性和未来这个维度？就是因为20世纪的确有某一种失败的悲剧性，它的探索，它最初所设想的——比如它要超越整个欧洲19世纪资本主义所带来的那些基本的生产形态、经济形态和社会关系——都悲剧性地失败了。20世纪革命的主要目标，就是要超越这些。除了内部的社会改造之外，我们到今天更像是生活在19世纪，而不是在20世纪内。但是它已经存在真正的意义，就是阿兰·巴迪欧那句话，对我来讲，它真正的意义就在于，即便我们生活在这样一个时代，20世纪仍然是我们思考、想象一个不同的世界，并且努力去创造一个不同的世界的最重要的思想来源之一。我们当然还会从别的时代里面寻找资源，但20世纪如此密集的思想变化，对它的再思考，也包括对它的反思，都是重要的。也在这个意义上，我一再说，我们研究历史，研究思想史，尤其需要找到一个内在的视野，一个从它内部出发去看待这些问题的视野。我说的内在并不是像现在大家讲的中国如何特别、别人如何是外部，内在的意思是在运动当中的，是它的社会斗争当中的，它是从什么样的角度出发去理解这个斗争、去理解它的成功和失败的，我觉得这是最重要的。

我一开头就提到，霍布斯鲍姆讲，20世纪实际上是一个失败的世纪。可是对于失败而言，对那代人，从一开头，尽管他们有很多的期待，最著名的鲁迅先生的“反抗绝望”，我把它概括为“反抗绝望”。反抗绝望是什么意思？就是它的起点不是一般的对希望的简单肯定，而是对绝望的否定，在那个意义上，失败本身是它的一个思考的起点。20世纪全部的中国革命的经验，在一定程度上都是以失败作为它的起点的。最重要的、最有原创性的思想都是在失败的脉络下产生出来的最具有创造力的思考。开头我讲到了关于20世纪不同的论述和它叙述上的困难，在我看来，20世纪仍然是一个需要我们花很大力气重新去思考和解释的独特的世界，我们需要把20世纪和20世纪中国作为一个思想的对象来理解，而不是简单地作为论证我们自己的价值观的注释来对待。

我就说到这儿，谢谢！

（整理者　袁先欣）

第二讲　新发现的战国楚简《诗经》及其意义

内容简介：《诗经》是我国第一部诗歌总集，也是儒家文化的核心经典，对中国历史文化的影响既深且广。今天所能看到的《诗经》只是汉代的传本，汉代之前《诗经》到底是何面貌则难以知晓。新近发现的楚简，再现了战国时代《诗经》的真容，极其珍贵。以楚简《诗经》与今本比勘，二者颇有不同。这种差异对了解先秦《诗经》的原貌与流传，解决《诗经》训释的疑难问题，纠正传世本《诗经》的讹误，都有重要的价值和意义。本次演讲从“新出楚简《诗经》概况”“《诗经》的传承与影响”“简本《诗经》的价值和意义”“楚简《诗经》与诗学史研究”四个角度展开论述。

主讲人介绍：黄德宽，清华大学人文讲席教授，清华大学出土文献保护与研究中心常务副主任，中国文字学会会长，教育部社会科学委员会语言文学学部委员，中国文字博物馆馆长。

大家下午好！今天的讲座以“纪念朱自清先生诞辰120周年”为名，在像朱先生这样的前辈大家面前，我们所做的工作是非常少的，我感到很惭愧，当然也很荣幸在这样的系列讲座中能安排我讲一次。

接到讲座通知的时候，我想，要讲些什么呢？朱自清先生是散文大家，影响了当代散文发展的进程。他也是一位诗人，《中国新文学大系》诗的部分就是朱先生编纂的，并且写了一个很好的前言，他自己也写过很多诗。朱先生还是一位著名的古典文学研究者，比如《诗经》，写过关于“比兴”的论著，写过《诗言志辨》。凡是诗人、研究诗歌的学者，没有不受到《诗经》熏陶影响的，所以结合纪念朱先生的背景，我想讲讲今天这个题目。

新近发现的竹简，其中最重要之一就是《诗经》的再发现。我有幸比较早接触到这批材料，给老师同学们做一点相关的介绍，谈谈初步研读《诗经》形成的认识，所以今天的题目就是“新发现的战国楚简《诗经》及其意义”。

我在出土文献中心工作，谈出土文献，我们很喜欢引用王国维的一句话，即1925年7月王国维在清华园讲的：

古来新学问起，大都由于新发见。[①]

这句话流传很广。尤其在清华讲坛上重温这句话，非常有历史意义。当时王国维所讲的新发现，是指那二三十年发现的甲骨文、西陲汉简、大内档案、敦煌经卷。现在离当时的演讲已经过去九十三年了，近百年来的中国学术史充分证明了王先生的论断是何等正确。我们知道，近百年中国学术值得我们大书特书的，包括殷墟甲骨文与甲骨学、敦煌经卷抄本与敦煌学、西陲汉简与简牍学，这些都是中国学术国际化的领域，全世界很多国家的学者参与其中，可以说是百年来学术辉煌、成果丰硕的几个学科。

这些年可称得上是一个大发现的时代，除甲骨陆续出土外，青铜器铭文被大量发现，金文研究也成为一个独立学科分支，成就卓著。20世纪七十年代以来大量秦汉简牍以及20世纪九十年代前后多批次战国简的发现，对学术影响极大，引起海内外人文学者的高度关注，一次次掀起研究热潮。今天的话题与楚简有关，我想先扼要回顾一下楚简的重要发现。

包山楚简（1991年）448枚（有字278枚），12500余字。

① 王国维《最近二三十年中中国新发见之学问》，赵万里编《王国维遗书》，上海古籍书店，1983年。

主要是司法文书内容。包山简文字之清晰、形态之完整是之前出土简牍所不可比拟的。

郭店楚简（1998年）804枚，12072字。这批古书简的出土，尤其是可和传世文献对读的《老子》《缁衣》，在楚文字研究史上是划时代的。之前楚文字材料很多地方读不懂，如楚帛书、寿县楚铜器、鄂君启节有些关键字不认识。郭店简发现之后，不少可以和传世典籍对读，过去长期困惑不解的疑难字迎刃而解。

九店楚简（2000年）234枚，2384字。

上博楚简（2001年）1200余枚，35000余字。从香港收购回来，现在仍未出完，主要是书籍文献，多数没有见过，但也有传世文献，像《周易》等。

葛陵楚简（2003年）1500余枚，约8000字。

清华楚简（2008年）2580余枚。数量最大，内容非常重要，目前已经发布了七辑，第八辑今年下半年也即将向社会公布。

安大楚简（2015年）1600余枚。内容也很重要，如可与传世文献对读的《诗经》。

新出楚简的重要性之一是许多未曾传世的重要典籍的再发现，如上博简《孔子诗论》，清华简古文《尚书》佚篇、《楚居》《系年》《筮法》《算表》等。过去长台关出过《墨子》佚文，残断很多，不好读，现在安大简发现了一篇古书，我判断就是那一篇，将来可以对比研究。

我们今天重点介绍一下新出楚简《诗经》的情况。

战国楚简《诗经》2015年初入藏安徽大学。完简长48.5 cm，宽0.6 cm，三道编绳，字迹工整，每简27—35字不等。简背有划痕，简首尾留白。简自身编号为1—117号，实际存简97支。这显然不是《诗经》全貌，只是其中一部分。初步清理结果有"《周南》十又一"、《召南》十又四、《秦风》十、"《侯》六"、"《鄘》九"、"《魏》九"（实际十篇），①实际存诗58篇。诗的排序和《毛诗》不完全相同，如新出现的《侯风》就很复杂，六首诗相当于《毛诗》的《魏风》部分，而简本的《魏风》除第一篇《葛屦》外，其余九篇《毛诗》归入了《唐风》。《魏风》《唐风》《侯风》到底是什么关系？这就提出了一个大问题。另外，各国风篇内部诗篇排序、数量也与《毛诗》略有差异，多篇诗的章次与《毛诗》不同，个别的章数也有差别，当然异文更是大量存在。②

《诗经》是儒家核心文献，其内容分风（风土之音）、雅（朝廷之音）、颂（宗庙之音）三类，以诗歌形式保存了周初到春秋末期社会历史文化资料，对我国历史文化有着

① 引号内为简文所记。

② 具体可参看黄德宽《安徽大学藏战国竹简概述》，《文物》2017年第9期。

极其深远的影响。现在我们看到的传世《诗经》只有汉儒的传抄本，而战国楚简《诗经》经碳十四测年、化学检测和综合研究可以判定时代属于战国中期偏早，是目前发现的抄写时代最早、存诗数量最多的古本。

这批楚简《诗经》的价值何在？回答这个问题之前需要对《诗经》的传承与影响做一简单回顾。

关于《诗》从何而来，诗的诵咏、采集与编成，这些前人都做了很好的总结：

> 《书》曰："诗言志，歌咏言。"故哀乐之心感，而歌咏之声发。诵其言谓之诗，咏其声谓之歌。故古有采诗之官，王者所以观风俗，知得失，自考正也。孔子纯取周诗，上采殷，下取鲁，凡三百五篇。（《汉书·艺文志》）

《诗》在周代有重要的使用功能，用于祭祀（如《颂》）、宴饮（如《大雅》《小雅》）、讽谏、抒怀、交往等各种场合。先秦时期诸侯国之间往来多引诗赋诗，委婉表达看法思想，《左传》等典籍有不少记录。《毛诗序》对诗的功能概括为：

> 故正得失，动天地，感鬼神，莫近于《诗》。先王

以是经夫妇，成孝敬，厚人伦，美教化，移风俗。

把《诗经》提到很高的位置，不过《诗经》确实在当时有很大的影响：

孔子曰："入其国，其教可知也。其为人也，温柔敦厚，《诗》教也。"（《礼记·经解》）

子曰："小子何莫学夫《诗》？《诗》，可以兴（引譬连类以比兴），可以观（观览风俗盛衰），可以群（群居相切磋），可以怨（怨刺上政）。迩之事父，远之事君；多识于鸟兽草木之名。"（《论语·阳货》）

不学《诗》，无以言。（《论语·季氏》）

从这些材料可以看到孔子对《诗经》的重视，更可以看到《诗经》在春秋时期的影响。可这样一部重要的典籍，在秦统一六国后，却遭到了焚禁的命运。

秦始皇统一六国之后，李斯奏议焚禁古书：

天下敢有藏《诗》《书》、百家语者，悉诣守、尉杂烧之。有敢偶语《诗》《书》者弃市。（《史记·秦始皇本纪》）

至秦患之，乃燔灭文章，以愚黔首。(《汉书·艺文志》)

虽然被焚禁，但《诗》《书》最终还是流传下来了。这种传承，主要是靠学者口耳相授，记诵在心里。汉惠帝四年废挟书律后，广开献书之路，先秦典籍的收集和整理重新得到重视，一部分古籍又重见天日。汉代《诗经》主要有几家：《鲁诗》《齐诗》《韩诗》《毛诗》。《汉书·艺文志》记载：

汉兴，鲁申公为《诗》训故，而齐辕固、燕韩生皆为之传。或取《春秋》，采杂说，咸非其本义。与不得已，鲁最为近之。三家皆列于学官。

鲁、齐、韩三家从《春秋》采杂说对诗作解，汉代人即认为是不可靠的。“咸非其本义”，都不是它本来的含义。《鲁诗》大概最接近诗的本意。当时立五经博士，三家诗都列入学官。而《毛诗》：

又有毛公之学，自谓子夏所传，而河间献王好之，未得立。(《汉书·艺文志》)

唐人陆德明对这句话也有说明：

> ……授河间人大毛公，毛公为《诗故训传》于家，以授赵人小毛公。小毛公为河间献王博士，以不在汉朝，故不列于学。(《经典释文序录》)

可见《毛诗》在汉代一开始地位并不高，没有列入学官。后来东汉古文经学逐渐兴盛后，《毛诗》逐步被重视：

> 后汉郑众、贾逵传《毛诗》，马融作《毛诗注》，郑玄作《毛诗笺》，申明毛义，难三家，于是三家遂废矣。(《经典释文序录》)

《毛诗》逐渐流行，同时今文三家诗就慢慢不传了，所以《经典释文序录》说：唯《毛诗》郑《笺》，独立国学，今所遵用。

根据《汉书》记载，河间献王所立《毛氏诗》，应是得自民间的“古文先秦旧书”。但也有学者认为《毛诗》古文经与今文经差距不大，并无特别之处，如蒋伯潜《十三经概论·毛诗概论》。《毛诗》是否是子夏所传，也没有结论。大体上可以知道，两汉之后只有《毛诗》一家传世，《毛传》、郑《笺》获得绝对权威的地位。历代说

《诗》者，主要以《毛传》、郑《笺》为据，对诗义及其文化功能的解读，也深受汉儒“教化”“美刺”说的影响。有了战国简本《诗经》的发现，再来看《毛诗》，能获得什么呢？通过简本《诗经》可以验证前人的各种说法，真正揭示有关诗的本义。下面我们挑选几首从不同角度谈谈这个问题。

传世的《诗经》虽为毛氏古文抄本，但有的诗篇多有异文，这一点过去已有不少整理研究；有的诗篇疑点重重；有的诗篇意旨难辨，尽管《毛诗》有序，前人有说，但很多人并不相信。特别是疑古思潮兴起之后，《古史辨》有一期专门讨论《诗经》，其中几篇重量级的文章都是批评“美刺”说的。战国简本《诗经》的发现，为破解这些疑难问题提供了难得的契机。

（一）根据简本可以还原一些诗篇的原貌，准确理解原诗本义。

比如下面所说的《伐檀》，大家都很熟悉了。

> 坎坎伐檀兮，寘之河之干兮，河水清且涟猗。
>
> 不稼不穑，胡取禾三百廛兮？不狩不猎，胡瞻尔庭有县貆兮？
>
> 彼君子兮，不素餐兮。

坎坎伐辐兮，寘之河之侧兮，河水清且直猗。

不稼不穑，胡取禾三百亿兮？不狩不猎，胡瞻尔庭有县特兮？

彼君子兮，不素食兮。

坎坎伐轮兮，寘之河之漘兮，河水清且沦猗。

不稼不穑，胡取禾三百囷兮？不狩不猎，胡瞻尔庭有县鹑兮？

彼君子兮，不素飧兮。

这首诗的写法，朱熹说是“比”，但按赋比兴的特征来说，是典型的“兴”。劳动，累了，看到河水悠然，于是想到自身辛苦，那些不干活的人粮食那么多，猎物那么多，诗人就感慨了。

《伐檀》刺贪也。在位贪鄙，无功而受禄，君子不得进仕尔。(《序》)

诗人言有人于此，用力伐檀，将以为车而行陆也。今乃寘之河干，则河水清涟而无所用，虽欲自食其力而不可得矣。(《诗集传》)

该诗可能与《序》所言“不得进仕”关系不大，朱熹的分析庶几近之。从伐檀之劳苦，联想到不劳而获之“君子”，首三句乃“兴”也，以刺贪鄙，表达对社会不平等的怨言。历代理解似无太大分歧，过去大家也学过这首诗，都懂，好像没什么可疑的地方。但通过比勘简本则可发现过去的不少误解。

我们看“不狩不猎”三句。

“不狩不猎，胡瞻尔庭有县（悬）貆兮？”“貆”是什么？《毛传》：“貆，兽名。”问题是什么兽呢？郑《笺》：“貉子曰貆。”貉是狐狸一类的动物。当然“貆”也可以读为“獾”，也就是猪獾。但多数人取前一种说法。狐狸体形不大，比较狡猾而已。

“不狩不猎，胡瞻尔庭有县（悬）特兮？”《毛传》：“兽三岁曰特。”三岁的动物叫“特”，但大家想想这个注解有问题吗？第一，我们最想知道“特”是什么东西；其次，动物挂在庭上，你都搞不清是什么动物，怎么会知道三岁呢？动物年龄一般看牙口，挂在庭上还看不清是什么动物，三岁又从何而知呢？“三岁曰特”这个解释细分析看，可能还是有问题。

“不狩不猎，胡瞻尔庭有县（悬）鹑兮？”《毛传》：“鹑，鸟也。”也是一种小鸟。

好，我们留心一下这三种动物。对比“不稼不穑，胡取禾三百廛（亿、囷）兮”，粮食之多，用的是

“廛”“亿”“囷”，都是占有大量的粮食。按道理，“不狩不猎”悬着的动物也应该这样，一是动物值得炫耀，二应是体积较大。按这样的看法，你说将一只鹌鹑挂在庭上，能显示贪吗？狩猎成果大吗？小孩子都可以上树掏一只鸟来，貉也是一种体形不大的动物，而且甲骨文里常见的狩猎物都不是这些，这样的小动物当然不能显示地位高了。我们读了这么多年《诗经》，都没有怀疑过，但仔细想想，确实都是有问题的。我过去也从来没怀疑过，但看到战国简本后，发现前人解释都弄错了。怎么错？我们先说第一个。

“貆”，简本作，从“猪”，“备”（“遼”省）声，所从“猪”即“豨”。那么“豨”是什么？我们看《淮南子·本经训》：尧之时“封豨修蛇，皆为民害”。《集解》：“封豨，大豕。楚人谓豕为豨也。”楚人把猪称为“豨”。简本这个字应释“貒”，就是豪猪，从“豨”与南楚称“猪”为“豨”正相合。其实《玉篇》已经说明“貆”为“貒（獂）”的异体，但前人按照郑《笺》，没有人怀疑。这个异文说明悬挂的不是“貉”这种小动物，而是大的豪猪。

我们看下一条。楚简的“特”是另外一种写法，与鄂君启节“特”的写法类似，但也有差异。节铭“如马、如牛、如特”，这是说如用“马”“牛”“特”所拉的车。“特”，《说文》：“朴特，牛父也。”“牛父”是什么？就是公牛嘛。段注："特本训牡，阳数奇，引申之为凡单独之偁。""牡"，《说文》："畜父也。""特"在本诗中当指捕获的公牛，而不是《毛传》所说的"三岁"兽。公牛挂在庭上一眼就能看出来，因为它的角不一样。公牛体型壮硕威猛，联系第一段的豪猪，下一段如果是个小鸟就显得既不相称，也不合情理。根本不能显示"彼君子"的富有和地位，也难以体现该诗"刺贪"的立意。问题出在哪儿？简本给出了答案。

"鹑"，简本作"麐"，即"麕"（麇）。陆德明《释文》："《尔雅》云：郊外曰野。麐，兽名也。《草木疏》云：麐，獐也。"獐是鹿属。"鹑""麐"都是文部，一个是禅纽，一个是见纽，读音很近。

回过头来，我们还原一下这三种动物："君子"庭中所悬分别是"貆"（豕属）、"特"（牛属）、"麐"（鹿属），体形硕大，且都是先秦文献中狩猎常见的猎物。

现在想想，中学时学的《伐檀》，竟然两千多年以来都是误读，不是《诗经》原来的意思。按简本文字读，可以说意思更准确，"君子"在位贪鄙，无功受禄之义因此凸显。对照简本《伐檀》，可见该诗长期被误读而习焉不察。这种误读的发生，是字的多义性（如貆、特）和用字差异（貆/貆、鹑/麐）导致的。简本再现了该诗先秦时的原貌，还原了该诗本义。

（二）根据简本可以检视历代对诗的训释，解决长期以来存在的训诂难题。

前面讲的是没有争议的，下面这首《墙有茨》有争议，前人早就发现了。

简本	《毛诗》
墙又螏蟄，	墙有茨，
不可欶也。	不可埽也。
审[illegible]之言，	中冓之言，
不可读也。	不可道也。
所可读也，	所可道也，
言之辱也。	言之丑也。
墙又螏蟄，	墙有茨，
不可[illegible]也。	不可襄也。
审[illegible]之言，	中冓之言，
不可諹也。	不可详也。
所可諹也，	所可详也，
言之长也。	言之长也。
墙又螏蟄，	墙有茨，
不可[illegible]也。	不可束也。
审[illegible]之言，	中冓之言，

不可道也。	不可读也。
所可道也，	所可读也，
言之猷也。	言之辱也。

诗一开头说墙上长了带刺的藤叫“茨”，现在简本叫“蝾蛰”。《尔雅》：“茨，蒺藜。”“蒺藜”实际是“茨”的缓读。墙是防盗的，光有墙还不够，还种上带刺的蒺藜，你要翻墙，“将仲子，无逾我墙”啊！前面是起兴，下面讲“中冓之言”你不能对外说，为什么不可以呢？因为丑。丑是恶的意思，可恶；长，话多；辱，就是耻。这些字眼好像都好懂，但问题来了：“中冓之言”到底是什么呢？为什么不能说？

《序》这样说：“卫人刺其上也。公子顽通乎君母，国人疾之，而不可道也。”当时卫国发生了一件很羞耻的事情。《左传·闵公二年》载卫宣公死后，妻宣姜与庶子顽通，生三子二女。卫国人觉得很羞耻，《序》认为这首诗写的就是这件事。

《毛传》：“兴也。墙所以防非常。茨，蒺藜也。欲埽去之，反伤墙也。”遇到这样的丑事，不能公开讲，讲了有失国体，有失伦理，不讲又很难受，于是就有了这首诗。把一首诗落实到具体的历史事实上，真是“杂取春秋”啊！所以郑《笺》说：“国君以礼防制一国，今其宫内有淫昏之行者，犹墙之生蒺藜。”

《传》《笺》将此诗作为“刺”诗，且坐实到卫公子顽（召伯）乱伦通宣姜之事上，其实大可怀疑。诗义的误读，可能源自对文本的误解。该诗解读的关键是“中冓之言”。为什么“中冓之言不可道”？为什么说出来是“言之丑也”？“中冓之言”理解的症结又在“中冓”之“冓”这个字上。“冓”到底是什么意思呢？过去有不少解释。

“中冓之言”，《毛传》：“中冓，内冓也。”郑《笺》：“内冓之言，谓宫中所冓成顽与夫人淫昏之语。”“宫中所冓成”这句话也不好懂，这里应该是理解成“媾”了。其实《经典释文·毛诗音义上》：“本又作遘……《韩诗》云：中冓，中夜，谓淫僻之言也。”半夜的话，当然是私密的，属于“淫僻之言”。《玉篇》引《诗》作“寓”，“宀”一般与房屋有关，但解释又与《韩诗》之训相同。清陈奂《诗毛氏传疏》认为“冓”指“宫中之室”。其他诸家又或读为“垢”“姤”等。可见历代对“冓”的解释没有统一，但大体沿袭毛郑之说。

简本《墙有茨（蒺藜）》“中冓”作“中㝥”，提供了解决问题的新材料。“中㝥”一词见于甲骨文，但甲骨文之后却见不到这个词了，没有保存下来。其实这个词没有消亡，《诗经》中还用着呢。甲骨“㝥”作“”（《甲骨文合集》20964），从“夕”“录”声。甲骨文“夕”指“夜”，

“中yè”指夜半，这种用法在清华简中也得到了证实。《尹至》：“惟尹自夏徂白（亳），yè至在汤。”“yè”过去理解为“往”之类的意思，现在看需要改过来。伊尹做间谍，从夏跑到商汤这里密谋，白天不敢来，什么时间合适？“yè至在汤”，半夜到汤这里。

好，现在可以肯定“中yè”是半夜，半夜说的话，不能对外讲，见不得人嘛。但是不能简单地把这首诗坐实到公子顽的事情上，其实你看上博简《孔子诗论》：“《墙又（有）荠（茨）》慎密而不智（知）言。”就是说机密的事情用谨慎的态度对待，而让外面的人不知道说的是什么。《易·系辞上》：“几事不密则害成，是以君子慎密而不出也。”“慎密而不智（知）言”就是“慎密而不出”，就是话不能传出来，传出来了就会产生意想不到的结果。当然男女夜半的话，也不能传出来，也属于这一类，但不能把整首诗具体到某一个人某一件事上来。另外，看《大雅·抑》：

> 慎尔出话，敬尔威仪，无不柔嘉。白圭之玷，尚可磨也。斯言之玷，不可为也。

也说的是人的言语规范需要谨慎。谨言慎行可以说是中华民族的传统，这也是我们语言学言语交际领域研究的课题。

《诗经》里很多观点是具有普遍性的，不会就一件事来写一首诗并传播开来，不然怎么进行诗教呢？看来《孔子诗论》对诗义的理解值得重视，谨言慎行，私密之语不宜公开张扬，是古代倡导的言语礼仪规范。汉儒囿于美刺，坐实史事；今人谓该诗讽刺贵族生活荒淫无耻，都是过度解读或误读。

（三）根据简本可以拨开前人以意逆志说诗而导致的重重迷障，为揭示一些诗蕴含的真实历史背景和文化制度另辟蹊径。

怎么理解诗呢？《孟子》说“以意逆志”，从主观上迎合诗意的理解。汉人说“诗无达诂”。当然这些说法有其合理性，任何一个读者读客观作品时，都是“以意逆志”，不同的人有不同的看法，再加上《诗经》的复杂性，对同一首诗不同阐释者确实会产生不同的看法，所以“诗无达诂”有一定合理性。但是，我们知道总有一些解释更接近真实，并不是谁说的都是对的。从这个角度讲，对于前人的纷纭众说，我们怎么去辨别是非，揭示诗本来的内涵？这有赖于新材料的发现，简本可以提供一些参考。下面看《召南·驺虞》：

彼茁者葭，壹发五豝。于嗟乎驺虞！
彼茁者蓬，壹发五豵。于嗟乎驺虞！

茁壮的芦苇，一箭射过去五只小猪！啊呀呀，驺虞！“驺虞”是什么意思？大家可不要小看这首诗，天子射礼演奏的诗就是这一篇《驺虞》，地位很高。

> 天下纯被文王之化，则庶类蕃殖，蒐田以时，仁如驺虞，则王道成也。(《序》)
>
> 驺虞，义兽也。白虎黑文，不食生物，有至信之德则应之。(《毛传》)

一种动物有人性，而且是圣人之性，就是驺虞。天下治理一片盛世，它就出来了，很玄乎，你不可能见过这样的兽。这首诗前面讲射到小猪，后面感慨“驺虞”，怎么理解？总感觉隔了一层，怎么才能自圆其说？

> 南国诸侯承文王之化，修身齐家以治其国，而其仁民之余恩，又有以及于庶类。(《诗集传》)

我们知道，朱熹不少解释和《毛传》是不一致的，他有创新的精神，但这个解释承袭了《毛传》的思路。可以说《序》与《毛传》的“驺虞为义兽”说规定和引导着历代治《诗》者阐释《驺虞》的方向。但实际上按这个思路，还是很容易产生疑问。首先，“驺虞”是“义兽”不合乎一般规律，动物怎么能仁义呢？它的存在就是一个疑问。第二，这首诗前面两句很具象，是很具体的环境，然后突然冒出一个“驺虞”，从诗提供的语境来看这并不是很融洽。其实汉代人对这个问题就有不同的看法，上面我们看到的解释是《毛传》、郑《笺》一系，而《韩诗》《鲁诗》则说“驺虞为天子掌鸟兽官”，是一个管理鸟兽的官职。另外汉代贾谊《新书·礼》：“驺者，天子之囿也；虞者，囿之司兽者也。……作此诗者，以其事深见良臣顺下之志也者。”驺，是天子园林，养动物供天子弋射游乐的；虞，是这个园子里管理鸟兽的。

一种解释是动物，一种解释是官职，差别很大，到底谁对呢？后面的人就围绕这两种意见吵起来了。陈奂《诗毛氏传疏》：

> 《鲁诗》以驺虞之虞当即虞人之官，究非达诂。……驺虞为兽，古无异说。

又引《墨子·三辩篇》：

> 周成王因先王之乐，又自作乐，命曰驺吾。吾与虞通，诗盖作于成王，故有是说也。

陈奂这段话毛病是比较多的，前面认为是兽，后面又说是乐，且汉代就有不同的解释，怎么能说“古无异说”呢？逻辑混乱，强词夺理。我们今天做学问可不能这么干。

清人黄中松《诗疑辨证》详考各种文献资料，辨析诸说得失，认为“以《诗》证《诗》”，“则驺虞之为兽可知”。黄中松以《诗》证《诗》，哪首诗呢？他引了《麟之趾》。“麟”与“驺虞”属于一类，都是动物，其实还是跳不出《毛传》的说法。当然前人也有人看出“义兽”不可信，另立新说，比如戴震认为与春天狩猎的礼节有关。又如钱澄之《田间诗学》：“豝、豵皆害稼之兽，《周礼》‘迎虎为其食田豕’，所以除春农之害也。”把虎驱到田里吃野猪，这解释也很玄乎哦。

“驺虞”到底是“义兽”还是“官职”抑或“乐名”？汉唐以来诸家之说纷纭。现代学者或把《驺虞》归到田猎诗一类；或认为是“牧童之歌”，比如高亨《诗经今注》；或综合田猎、除害、仪式诸说，谓《驺虞》是春日田猎，驱除害兽，举行仪式之诗，比如陈子展《诗经直解》。怎么解决？简本提供了另一种可能。

简本不是六句，而是九句，《毛诗》还有一段没有传下来。简本当然也有遗憾，有残损，但幸运的是关键的几个地方都保留下来了，我们可以复原出三章（方括号内为复原的文字内容）：

皮（彼）茁者葭，一发五郙（豝），于差（嗟）从乎！

皮（彼）茁者蓬，一［发五豵，于差（嗟）从乎］！

［皮（彼）茁者］蓍，一发五麋，［于差（嗟）从乎］！

“豝”写成“郙”是通假没问题，“于嗟从乎”不是“驺虞”而是“从乎”。“蓍”是一种长杆的草，下面不是猪了，而是麋。过去有人认为麋是一种很大的动物，现在看应该是鹿子、小鹿。简本第三章是“一发五麋”，“麋”是鹿子，因此，“除田豕”之说就不攻自破了。放猪可以，但没有放鹿的，“牧童之歌”也同样难以成立。最关键的“驺虞”简本是“从乎”，怎么理解？如果把这个问题搞明白了，这首诗就突破了。

“驺虞”作“从乎”有两种解释的可能：

（1）因读音相近而将“驺虞”写作通假字“从乎”，《毛诗》是。

如果新材料公布了，维护《毛诗》的人会这么说。“驺虞”“从乎”语音相近，通假没问题。

（2）本来作“从乎”，因误读而写成传说中的义兽“驺虞”，简本是。

前人立足“驺虞”难以阐明该诗，依据简本异文“从乎”能否合理解释该诗呢？从语言层面来看，“于嗟从乎”与《诗经》下列句式相类：“于嗟麟兮”（《周南·麟之趾》）；“于嗟阔兮”，“于嗟洵兮”（《邶风·击鼓》）；“于嗟鸠兮”，“于嗟女兮”（《卫风·氓》）。“于嗟”都是叹词，“兮”和“乎”是同一个词的派生，从王引之到裴学海谈虚辞都有大量的例证，所以“于嗟麟兮”就是“于嗟麟乎”，“于嗟从乎”也可以说是“于嗟从兮”，从语言层面看是没问题的。

从字义训释层面来看，“从”可释作“逐”，理解为“追逐、驱逐”。这种用法《诗经》就有。《齐风·还》：“并驱从两肩兮。”《毛传》：“从，逐也。兽三岁曰肩。”“肩”这种用法可不可靠，今天不讨论，但“从”有追赶动物的用法可以定下来。代进原诗看：“一箭射出去五只小猪，啊呀呀，我们追赶吧！”通吗？非常通顺。这样看这就是一首狩猎的诗了。但是，为什么狩猎的诗古代这么重要呢？好像问题还没有解决。

还有一种可能，从用字层面来看，“从”古文献常读作“纵”，在“于嗟从乎”中，若将“从”读作“纵”，理解为“放纵、放生”也文通字顺。在“一发五豝”“一发五豵”“一发五麋”之后，发出“于嗟从乎”，表示将这些受惊的“豝”（一岁豕）、“豵”（生六月豚）、“麇”（麛，鹿子）放生了吧！

我们倾向于选择“从”在简本中读“纵”。

为什么这样理解呢？因为这背后实际上有着深刻的历史文化内涵，涉及上古的虞衡制度。这种制度文化在先秦一直存在。

《尚书·舜典》：“帝曰：‘畴若予上下草木鸟兽？’佥曰：‘益哉！’[①]帝曰：‘俞！咨益。汝作朕虞。’”《孔传》：“虞，掌山泽之官。”虞就是掌管山泽草木鸟兽的官。

《周礼·天官·太宰》：“以九职任万民……三曰虞衡，作山泽之材。”郑玄注：“虞衡，掌山泽之官，主山泽之民者。”

《周礼·地官》还有山虞、林衡、川衡、泽虞四官，其下各设属官。“虞”是“度”的意思，“衡”有“平”的意思；字面意思是掌握分寸规则，权衡得失。虞衡之职，就是掌山川林泽之禁令，以平其守。虞衡制度见于《尚书》《周礼》《左传》《国语》等文献，可见这种制度的延续和影响。

此外，出土文献中也有证明。金文、战国文字等出土

---

① 《孔传》：“上谓山，下谓泽。顺谓施其政教，取之有时，用之有节。言伯益能也。”

文献材料证实虞衡制度确实存在。金文出现“林衡”“山虞”等官职，战国官玺有“平阳桁（衡）”“左桁（衡）正木”“虎（虞）木之玺”“行鹿之玺”等。这说明先秦时期这些官职确实存在。

上古虞衡制度体现了古人对自身与自然关系的体认，对自然界动植物生长规律的感悟以及初步萌生的人与自然相互依存的生存智慧。为什么要管理这些？人们已经知道自然界的动物、植物不能取之无度，不能不讲节令。你把小动物都杀了，就没有动物可以繁殖了；把小树都砍了，就没有木材可用了；竭泽而渔，就无鱼可食。这是古人从狩猎生活到农耕时代慢慢积累的生存智慧，而这种智慧上升到制度就设立了专门管理山林水泽平衡的官员，这就是虞衡。所以《周礼·地官·司徒》：“迹人掌邦田之地政，为之厉禁而守之。凡田猎者，受令焉。禁麛卵者与其毒矢射者。”“麛”，就是刚才说的“麋”，声符不一样，就是鹿子。“卵”是鸟蛋。这些都是禁止捕获的。还禁止用毒箭。郑玄说：“为其夭物且害心多也。麛，麋鹿子。”疏：“此谓四时常禁……彼以春时生乳，特禁之。”春天很多动物繁殖生长，所以特别禁止这类活动。

《礼记·曲礼下》：“国君春田不围泽，大夫不掩群，士不取麛卵。”郑注：“生乳之时，重伤其类。”

《礼记·月令》：孟春“命祀山川林泽，牺牲毋用牝，禁止伐木，毋覆巢，毋杀孩虫、胎夭飞鸟，毋麛毋卵”。虫，就是各种动物，人也可以称为虫，有智慧的虫。

《孟子》里就讲得更清楚了。《孟子·梁惠王上》：“不违农时，谷不可胜食也；数罟不入洿池，鱼鳖不可胜食也；斧斤以时入山林，材木不可胜用也。谷与鱼鳖不可胜食，材木不可胜用，是使民养生丧死无憾也。养生丧死无憾，王道之始也。”孟子从“王道之始”的高度所做的阐述，体现了对虞衡制度的推崇。这是战国时期的思想。

之前有一方战国印（《古玺汇编》0360）：

印文“亡麋”，现在看“亡”应该通“毋”，“毋麋”，不要杀小鹿，就是一个箴言印嘛。

在上古虞衡制度这一背景下再来读《驺虞》，对诗的深刻寓意及其深厚的文化内涵就能准确把握了。如果我们打猎的时候遇到小猪、小鹿，啊呀，我们要放生呀。这背后就是虞衡制度。《韩诗》《鲁诗》谓“驺虞为天子掌鸟兽官”，已触及对诗义的正确理解。《诗序》所谓“天下纯被文王之化，则庶类蕃殖，蒐田以时”，实际也隐含了虞衡制度的要义。

由于将“驺虞”误解为“义兽”，将这首诗附会为“文王之化”，谓“仁如驺虞，则王道成也”，最终导致对该诗理解的偏误，越走越远。回到虞衡制度来看，这首诗就很容易理解了。同时，我们也能理解为什么天子射礼时演奏《驺虞》，为什么形成射礼，这是一个重大的学术史问题。我认为射礼表达的是对狩猎时代的历史记忆，一代一代传承，制度化、礼仪化，在这种情况下演奏《驺虞》——既与狩猎相关又体现对幼小生物保护的诗。就像北京的先农坛，天子籍田，春天亲自扶犁，这是农耕文明的记忆制度化、礼仪化。

所以在还原诗的原本原意、解决历代训诂分歧、揭示长期存在的疑点和诗背后的文化要素等诸多方面，楚简《诗经》都给我们提供了新的可能。以新出楚简《诗经》校读《毛诗》，检视《毛传》、郑《笺》和历代学者的研究，可以明辨前人是非，起到正本清源的作用，有助于准确解读一些诗的文化内涵。从这个意义上看，新出战国楚简《诗经》虽然数量有限，但其价值则是无与伦比的。

（四）楚简《诗经》与诗学史研究。

《诗经》对我国思想文化有着极为广泛的影响，我们过去看到的是汉代抄本，内容有不少疑问、疑义。历代学者致力于《诗经》研究，提出了许多未能解决的学术问题。比如:《诗经》是如何采集、何时编成的？孔子删诗说是否有据？《孔子世家》说“古者诗三千余篇，及至孔子，去其重，取可施于礼义者三百五篇”，诗到底有没有三千篇？还有，《毛诗》是否源自秦火之前古本，是否确为子夏所传？《毛诗》是古本吗？可靠吗？四家《诗》差异何在？异文何以取舍？《诗序》与《诗》义是何关系？这些都是《诗》学史上的基本问题，长期以来学界有争议。简本《诗经》可以给我们新的启发。这些问题待简本公布之后《诗经》学者来研究，这些不是我重点研究的领域，但我认为有如下一些重要意义。

（1）简本显示，战国早期之前《诗经》定本就已形成，“古者诗三千余篇”，经孔子增删为三百五篇之说不可信。孔子自己一直说“诗三百”，他自己不可能从三千篇中选三百首成为今天的本子。今天看到的简本顺序与《毛诗》的对应关系、异文、错别字等都暗示我们定本早已形成。

（2）简本编纂体例与传世本有许多不同，《国风》部分各国先后、诗篇排序、一些诗的章次、章数与传本都不同，这表明春秋战国时期《诗经》有不同抄本。

（3）因《诗经》传本并非一种，传抄者对诗意理解的差异、地域用字的习惯和特点以及转写传抄的一时之误就造成大量的异文。简本则再现了战国楚地《诗经》的面貌，很可能是楚地流行的版本之一。

（4）以简本校读《毛诗》，可以纠正《毛诗》在流传过程中发生的错误，证明《毛诗》确实可能源自战国古本。有一些错误、字形偏差只有古本才有可能出现，这一方面我今天没有举例，比如《甘棠》“勿剪勿拜”的“拜”字，楚简作“掇”，读“剟”，砍伐枝条。这些错别字也可以提供线索，证明《毛诗》是古本应该可信。

（5）《诗序》是《诗经》传承过程中的一家之言，传《诗》者对诗义的理解和阐发有借鉴作用，但不可为据。以简本校读，《序》未必合乎《诗》之本义。

以上乃略举战国楚简《诗经》学术史意义之大端，待简本整理公布后，相信学者们必将有更多的发现。

我今天就讲到这里，谢谢大家！

问：您提到“安大简《诗经》简文首尾有留白”，我很关心这个留白和上博简《诗论》是否一样，因为它也有几支是留白简，这个问题一直是悬案，一直没有明确证据。安大简《诗经》117支简都留白吗？还是其中有几支简留白？还是有什么特殊情况？

答：我简单说一下。第一，安大简是首尾留白，就是头和尾留下了空白，这是统一的抄写模式，没什么太深奥的东西。第二，补充一个信息，《国风》的每一组抄完以后，比如《召南》《周南》抄完以后，这个简抄到哪儿就到哪儿结束了，这首诗抄完以后，后面的简是空白，不再写了。但有时候可能会隔几个字写总结性的话。比如“周南，十又一”，把总结性的话记在最后，主要是这样的一个情况。

问：关于《驺虞》我有点小疑惑，“驺虞”这个篇名，出现在《仪礼》《墨子》中，这个篇名是存在的，如果是“从乎”的通假，那么正确的篇名应该是什么样子的？毕竟“驺虞”这个篇名确实一直都有出现。

答：这个问题应该专门讨论，我可能将会有一篇专门讨论的文章展开写。这篇文章提出的问题比较复杂，它涉及诗学史上的一些重要问题。还有我想从这个里面讨论对出土文献文本和传世文献文本的阐释方法，怎么来建构这种阐释方法和路径，处理这种文本分析，这方面可能会有一个专门讨论的文章，其中就会涉及你提的问题。就是如果说“于嗟从乎”，那么“从乎”能做篇名吗？这是第一个问题。它是一个动词加一个虚词，与《诗经》命名是否一致？第二个问题，在文献中出现过“驺虞”这个名字，怎么解释？难道文献都错了吗？这是一个需要认真探讨的问题。至于文献出现的“驺虞”都这样写，我们讲现在有一个大的背景，就是涉及中国古典学的一些基本问题，我们看到现在一些先秦的文献，总体来说，在汉代进行了一次重整、重构或重建，这个重建的时代与经学的确立都是相关联的，他们应该是在这个大背景下形成的文献整合，这当然也是一种推导。

“驺虞”能否命名？虚词能否独立成为名称？这个我想不是问题，《诗经》里有很多篇名是取前面的虚词，比如《噫嘻》。副词、虚词命名不应该成问题。第二，《诗经》的篇名不是都取前面两个字的，也有取篇章中间最重要两个字的，概括性的文字，这种情况也有。这就要对《诗经》所有篇名的选择方法有一个讨论。那有没有可能《驺虞》这篇“从乎”是最关键的一个含义？这首诗表达的含义是什么？就是放生，就是纵，这就是这首诗的核心思想。它取这两字做篇名，完全可能。我们看这首诗，“彼茁”，如果取这两个字，含义不太清楚，所以我觉得不能排除这种可能性。只是说新材料出现了，我们按照这种方法提供一种解读的思路和可能，不绝对，希望大家可以讨论这个问题。

问：我是一个理工生，我问一个很外行的问题。秦统一以前的六国文字可能很难认，我们是如何确定简文上的文字，尤其是当它与汉代之后典籍文字大有出入的时候，如何确定这些难认的字是今天的某个字呢？

答：过去讲六国时期“言语异声，文字异形”，这一说法只是突出了六国文字之间的分歧。我们应该这么说，所有六国文字的分歧，只是地域性的分歧，相当于我们今天讲不同的方言。方言看来是有差异，但还是汉语，只是一个变体。而且文字分歧尚未达到方言分歧这么严重，只是书写风格有所不同，如齐系文字的字形与楚国文字不同，楚系文字风格上写得更加游逸一些，变化比较多。同时，不同区域会产生一些区域性的用字习惯、书写习惯。而秦系文字与西周文字比较接近，比较稳定。汉代以后的文字基本延续秦系文字发展而来。秦始皇统一以后“罢黜六国古文与秦文不合者”，所谓的“不合”，主要是风格上不一致和一些用字差异，这个差异只是相对差异，只是汉字系统的一部分变异。所以不要以为六国文字完全不一样，其实彼此本质上差异不大。但我们现在研究的时候，要重视细微差异，特别是风格差异，涉及的文字材料在六国属于哪一国。不同时代的字形，也会有风格差异和用字差异，我们也要特别精准地研究这个问题，这样可以判断材料的时代、属性。当我们从宏观上掌握了这个问题，了解了各个区域用字差异和风格的不同之后，那我们再来看这些出土材料，就会比较容易确定它是属于哪个国别。我们接触多了，一看就很容易，看其风格就能确定其区域。比如听方言，一张口能听出南方人还是北方人，再细区分是苏州人还是上海人，而对我们不懂方言的人来说，苏州人和上海人说话都一样嘛，但其实它们有很大的差别，道理就是这样的。所以古文字研究发展到今天，我们已经有能力区分战国时期不同区域文字的差异，我们已经有能力判定大的时代层次中文字的发展和变化，不会出现大的偏差。

问：安大简出现的《矦风》是之前十五国风没有的，想问一下，“矦”这一风判定的依据是什么？看到一篇文章说，“矦六”下面还有另外的四个字，这个体例与其他的比如《秦风》的体例是否一致？是否可以据此判定它是《矦风》存在的依据呢？

答：其实《矦风》出来以后，当时感觉比较意外，不知道是什么。但有一点可以肯定地告诉你，从简的形制上看，“矦六”是一起出现的，根据前面其他的比如“魏九”来判定，这个“矦”一定是指这组诗的分类，相当于“魏”，这是毫无疑问的。而这个“六”一定指篇目，它收的就是六篇诗。至于后面的几个字，与前面隔了很远，像隔了一段写的，而且这几个字现在很难说是成词的，可以大体解释一下，但这个解释与诗的内容没有太直接的关系。这个简里面还有一个现象，简的留白比较大，就写了这几个字，我们也很困惑。另外有些简背也写了一些东西，这些内容与正文、诗也没有明显的关系。所以我说，这个“矦”肯定是指这六首诗所属的一风的名称。但为什么叫

“侯”？侯下面为什么是这六首诗？这确实值得解释。一种可能，我们就从侯风与王风的角度来看，就是维护传统，因为毕竟古本是很重要的线索。我们知道，前人早已指出《王风》是王的诗，为什么放在“风”这一类？因为东周后期以后，周的地位已经降为与一般诸侯无异，所以把这组诗放入“风”这一类，这种解释早已有之。还有一种可能，既然王与诸侯也没什么差别，那抄的时候不认为你是王了，跟侯一样，就将“王风”写成“侯风”，这是完全有可能的。但问题是为什么“侯风”下是这六首诗，而不是“王风”下的那六首诗，怎么解释？这有几种可能，我当时判断这可能是个连环错，就是抄的时候，可能就张冠李戴抄错了，这是一种可能。

至于为什么出现“侯”，“侯”到底指什么，为什么“侯”下面是这六首诗，“侯”与“王风”有没有关系，还有待探讨，现在还无法给出明确意见，希望你继续关注吧。

（整理者　马晓稳）

第三讲　汉语一百年来的变化：从叙事语体和对话语体的对立谈起

内容简介：国内外的汉语教学界一直重视“口语”和“书面语”的区分，但是实际上词语的选择也取决于句子的语用和篇章功能，如祈使句、描述句等。本次演讲根据具体的事例讨论了现代汉语中受到语体方面限制的几个词语和语法格式。首先从广义“语体”问题出发，介绍了一百多年前两种教材在处理汉语不同变体过程中所采取的教学策略。接着指出方言差异和口语/书面语的差异也会产生交叉，北方的词语、语法格式一旦让长江下游等方言的词语从普通话中赶出去，就会变成“口语”词了，有一些词在一百多年前被看作具有“北方话”色彩，而现在词典中标注为“口语”色彩。又举出六个具体事例讨论语体差异对汉语教学产生的影响、叙事体和会话体的不同带来的语法差异，最后回到汉语教学问题中，强调在汉语教学中要重视句类在交互式语体里出现的语法意义。

主讲人介绍：柯理思（Lamarre Christine），法国人。现任法国国立东方语言文化学院中文系教授、东亚语言研究所兼任研究员。曾任国际中国语言学学会会长、欧洲汉语语言学会会长。主要从事现代汉语语法（如体貌和情态等动词范畴）、方言语法、近代汉语、共同语的形成过程等方面的研究。1977—1979年间在中国留学，1998—2009年间曾任日本东京大学语言信息科学系教授。主要学术论著有：《汉语的一次动词和躯体动作》《北方汉语里形态化的动词后缀》《客家话的语法和词汇：瑞士巴色会馆所藏晚清文献》《汉语里标注惯常动作的形式》《汉语空间位移事件的语言表达》等。

序言

今年是朱自清诞辰120周年，明年——2019年——又是五四运动100周年。如果我们回顾120年前中国的语言状况，不难看到中国今天已经脱离了书面语主要使用文言文、口语主要用地方话的状况。不仅如此，中国建立自己的通用语后不到八十年，这个通用语又成为国际上公认的世界语言，是无数外国人正在学习的语言。一百年，实际上对一个共同语的规范过程来说并不长。从我1977年第一次来中国留学到今年已经四十多年，从某一个角度讲可以说我自己直接观察过汉语这100年演变中的几十年。我在法国也教本科生汉语语法词汇课，经常能够体会到自己在70年代初所学的汉语和我们本科生现在在网络等媒介中所接触到的汉语差异不小。我知道这次演讲要进入清华大学朱自清诞辰120周年系列讲座计划后，就决定谈谈朱自清先生非常关注的“国文教育”。基于在国外教授“对外汉语”几十年的经验，我来谈谈影响汉语共同语形成过程的几个复杂多样的因素。其中特别注意三个问题：方言、欧化和语体。这些因素在一定程度上还有相关性，但是其中语体上的差异尤其会给汉语教学带来许多令人烦恼的难题。

我们在第一部分里先翻翻一百多年前针对外国学习者的三部汉语教材，看编者当时怎么处理汉语不同语言变体的问题，顺便介绍三个小事例，以便思考这120年语言演变的复杂因素。第二部分讨论进行体标记“在”进入普通话的过程和句末助词“呢”体貌功能缩小的问题。第三部分把话题转到书面正式语体特有的词类，即名动词及其与欧化的关系。第四部分提及会话体特有的祈使句、意愿句的表达问题。

一、从清末民初三部汉语教材看汉语走向普通话的路程

在国外教汉语的时候，编教材、选例句都会碰到“规

范”的问题。况且，课堂上坐着的同学当中有一部分是华裔，在家里听父母说温州话、潮州话、广州话等汉语方言，他们对“母语”的直觉又会和教师心目中的“规范”有些出入。教师碰到的“规范”问题有的比较简单，比如说“法（四声）国人”还是“法（三声）国人”，说“一会儿（四声+三声）”还是“一会儿（二声+四声）”，等等。这种小问题教师之间即使有不同意见，只要依据《现代汉语词典》等权威参考书就可以解决，中级以上的教材有必要的话还可以显示一个“又读”，台湾来的老师也会提出一些词的不同发音。高级班的学生对这类现象比较感兴趣：一到中国各地留学就会接触到“多元”的汉语，学生在上历史、文学等几门课的时候还会读到1949年前或更早的文献——我们学校的中文系是欧洲最大的中文系，文言文、思想史、历史等都是必修课。

然而，120年前，外国人在编写汉语教材时面临的问题就比现在严重多了。当时还要考虑教文言文还是教口语，教口语的话选择官话——官话还分南北——还是地方话。教材作者一般都会在序文中说明自己的选择。我们接下来举例介绍清末民初三部汉语教材的不同编写原则。

（一）晚清的汉语课本《官话类编》——狄考文的选择（1892年）

1892年（朱自清出生六年前），在山东登州府传教的狄考文（Calvin W. Mateer, 1836—1908，美国长老会牧师）出版了《官话类编》（*A Course of Mandarin Lessons, Based on Idiom*）第一版。序文里有一个段落叫作文体（Style），作者详细说明了他为什么建议要习得较为口语化的官话（colloquial Mandarin）。他指出"通行官话"要借助使用范围受一定限制的地方口语以及夹杂着适当的"文理"（即文言文）成分的官话才能够满足不同场面的交际需求。该书导论进一步介绍了课本独特的尝试：每篇课文里有几处显示北方、南方官话两种（甚至三种）不同的表达——南方官话以南京和九江为代表，北方官话以北京和济南为代表。狄考文还强调，他所介绍的官话的种种变体实际上界限模糊，每个人有自己的标准（Every man has his own standard）。这句让我们想起朱自清先生的一句话。朱自清先生之所以支持以一个活方言——北京话——做新国语的标准，是因为以往的国语就是蓝青官话，而蓝青官话很难成为标准，因为"各人'蓝青'的程度不同，兼容并包的结果只是四不像罢了"①。

在《官话类编》课文标注南北官话不同表达的无数例子中，第三十五课有一句为"念书写字都要/得专心"，提

① 《语文杂谈》，1935年，《朱自清全集》第八卷，时代文艺出版社，2000年。

供了两个助动词，还加了个注释："In Northern Mandarin necessity is generally expressed by 得 rather than by 要. In the South 要 is used." ①（北方官话里表示必须义一般用"得"，南方更多地用"要"。）可见，当时把这两个表示"必要"义的助动词看作是南北官话差异的表现。

第三十五課

他[1]一家老少都病了。○念[2]書寫字、都得要專心。○人[3]老了、腰腿都不中用。○凡[4]事不可不知趣。○你[5]家裏都有甚麽人呢。○衆[6]位都來了嗎。○除[7]了這個、都可以拿去。○這[8]裏攏總有三千多兵。○他[9]那些話、通身都是假的。○你[10]的兩個孩子、都有天分。○大[11]家的見識不同。○他[12]不論待誰、都是刻薄。○我[13]家裏一個大錢都沒有。○你[14]在這裏

TRANSLATION.

1 His whole family, old and young, are sick.
2 In both reading and writing, one should give undivided attention.
3 When a man gets old, both his back and his legs are unserviceable.
4 In every thing, a man should have a just appreciation of the time and the circumstances.
5 Who all are there in your family?
6 Have all [the gentlemen] come?
7 You may take away all except this.
8 There are here, in all, over three thousand soldiers.
9 That talk of his is all false.
10 Your two children are both gifted.
11 Our opinions do not all agree.
12 He treats every body meanly.
13 I have not a single cash in the house.
14 Whom all do you know in this place? *Ans.* I do not know any body at all.
15 The Province of Shantung has, in all, one hundred and eight hsiens.
16 At what time he left, none of us know.

图一 《官话类编》第三十五课第二句给出南北官话表示必要义的两个不同的助动词"要"和"得"，对应的英文是should。

然而，《现代汉语词典》中的助动词"得 děi"，无论哪个义项——"需要"义、"意志上或事实上的必要"义，还

① 这里依据1900年的修订本，例句出在83页，注释在84页，另外第9页把助动词"得"标为 tei^3。

是“揣测的必然”义——均标注“〈口〉”表示是“口语”词，而助动词“要”表示“需要、应该”的义项是无标记的（这种处理好像是从2005年的第五版开始）。这大概是北方话的词语在普通话“中立”语体里被南方官话的词语取代的结果。可见，一对在某一个时代里共现的、方言背景不同的近义词进入了新兴的共同语以后，可能会被“重新分配任务”，被人们（或者负责语言规范的部门）认为是显示语体方面的差异。这里是北方话的词语归为口语词。

记得几十年前，我第一次请中国同行帮我看准备投稿的中文论文的时候，文章中的助动词“得děi”都被改成了“要”，打听理由时听朋友说是“得”太口语化，“要”比较适合论文体。这次翻看朱自清先生的散文，发现不少使用“得děi”的句子，如“标准语得有标准音，还得有标准字”①。这也是选这个例子的原因。我们学校使用的初级汉语课本里，“得”在第5课出现，“要”的“需要”义在第8课出现，学生经常会问有什么区别。

（二）晚清的汉语课本《汉语入门》——戴遂良的选择（1895年）

1895年（朱自清出生三年前），在直隶省河间府传教

---

① 《论国语教育》，1946年，《朱自清全集》第三卷，时代文艺出版社，2000年。

的Wieger（1856—1933，耶稣会神父）出版了《汉语入门》第一版。Léon Wieger中国名字为戴遂良，法国籍，原来是个医生，著有介绍中国语言、文化、社会、历史、宗教等的书籍五十几部。他在《汉语汉文入门》第一版的总序（Préface générale）里，介绍了中国复杂的语言状况。汉语至少有三种：文理（即文言文，法语为style）、半文理（demi-style）和口语（langage parlé）。原来的出版计划是准备把这三种语言变体都作为教学对象，分别出口语和文言文两卷，所以1895年版的书名涉及“汉语”和“汉文”两个部分。但是从1899年的第二版起书名就改为《汉语入门》。《汉语入门》，即口语课本部分一共两卷（第一卷748页，第二卷749—1513页），依据的是Wieger当时传教、行医的地区即河间府（今天河北沧州附近的献县）的方

图二　法国耶稣会医生戴遂良（Wieger）神父系列汉语课本之一。“Dialecte du河间府”是“河间府方言”的意思。

言。当时的河间府为华北地区天主教传教的根据地，设立了医院、印刷厂等。总序还解释了为什么要根据河间府方言编课本：与其记录所谓“官话”，还不如记录这个富有表达能力的活方言，因为官话“理论上是全国通行的，但实际上是哪儿都不用的一种语言”[①]。作者在《汉语入门》的导读部分中还强调要先学好口语再去学文言文。

《汉语入门》先对语音（13—31页）和语法（32—248页）做系统的阐述，随后提供与每项语法点相应的大量例句（249—1495页），全部例句由汉字和法式罗马字标音符号两种文字书写，还附有法语译文。因为课本特别受欢迎，到第三版（1909年），作者为了满足越来越多的读者需求，书名里不再提“河间府方言”，把方言名改为“北方官话”，但是仍然表明是“非北京话”（Kouan-houa du nord non pékinois）。书名改了，但依据的方言大部分还是河间府方言。

这本教材作为反映120年前的北方话的材料，价值很高。比如，语法部分里能见到有关北方话里使用范围较广的“VR了”“V了”“V了了”“V不了来”“V不了去”几类北方话特有的可能式的记载，还有大量的相关例句，如：“不论我回来了回不来，赶李先生来了，给他十两银子”（意思是说“不论我回得来回不来……”），“你这个包袱，

① 1895年版总序第4页。

这一趟捎不了去”（这次我不能给你捎去）。

（三）民国初年的汉语课本《蓝青官话读本》——李俊漳的选择（1920年）

比《官话类编》《汉语入门》晚20年的课本《蓝青官话读本》出版时间是“读音统一会”、五四运动后的1920年。该教材采用了与前两本教材截然不同的编写原则。我是读到大原信一先生《近代中国的语言和文字》时知道这本教材的存在的。大原强调，作者李俊漳支持胡适、鲁迅的观点，对蓝青官话这个“南腔北调”的语言采取肯定的态度。《蓝青官话读本》针对日本学习者，是在东京出版的汉语课本，序文写于长崎（作者也许是唐通事的后裔）。序文里说明了编这本《蓝青官话读本》的动机：中国话种类复杂，有官话、文话、俗话、土话等，而所谓蓝青官话就是“适用的语言”，“非驴非马”也罢，其中不适用的成分会自然淘汰。作者认为，编教材与其选择纯粹的北京话，还不如多放一些实用的说法，给学习者提供方便。

图三 《蓝青官话读本》第一卷标题

比如作者提到反复问句时有意列举“你去了没有？”“你去了吗？”“你有没有去？”“你有去没有？”等意思相同的几种说法，解释说人们一般说话时“好像没有大分别”，还补充说明“有……没有”一类说法在“北京方言里”很少用。[①]按照传统的汉语观，后两个说法是不符合规范的，比如太田辰夫先生在《中国语历史文法》一书中提到现代汉语里经常听到的“你有没有吃饭”一类说法，认为“毫无疑问，这是错误的”。赵元任在《中国话的文法》一书中认为“你有看见他没有”是在北方因为与南方方言（闽粤语）的接触越来越能接受的一个说法。50年后，聂志军[②]把“有没有+VP”定义为“现代汉语普通话中的新兴问句”，总结了以往的一系列研究提出的产生时期和形成动因（语言接触、类推、语法化等）。聂文指出，“有没有VP”一类疑问格式是清末（20世纪初）出现的，而且“几乎都出自江苏、浙江、福建、广东等南方作者的作品中”。语言演变的动因往往不是单一的，所以没有必要因为肯定南部汉语的影响而排除类推和语法化因素的作用。王森等[③]

① 《蓝青官话读本》第一卷，60—61页。

② 《“有没有+VP”问句的重新考察》，《汉语学报》2018年第4期。

③ 《“有没有/有/没有+VP”句》，《中国语文》2006年第1期。

的考察也证实了21世纪的汉语已经接纳了“有没有+VP”一类正反问格式，在中央电视台等媒体的专题栏目和电视剧等自然语流中旧格式“VP+没有”基本上已经被淘汰了。另外杨秀明[①]还强调“有没有+VP”是“南言北语交融的产物，也是南北文化交融的产物”，认为是显示“共同语对某些方言成分的吸收与包容”。

（四）竞争的赢者和输者

一个共同语的形成过程（koineization）可以分成不同阶段，其中往往有几个不同方言变体融合起来的阶段。这会导致两三个有不同方言背景而意思相同的词语发生竞争，有时竞争的结果是适者生存，弱变体消亡。而有时不同变体都会留下来，“赢”的变体当上共同语里“无标记”的一般词语，“输”的变体就被重新分配任务，可以带某一个特定色彩如“俗”或“雅”、“口语、非正式”等，变成“有标记”的词语。这种现象在不同地区和不同年代都可以观察到，社会语言学、方言学领域里叫作reallocation（功能重新分配）[②]。

---

① 《“有没有句”在闽南方言区的结构变异——关于新兴问句“有没有+VP”产生依据的探析》，《漳州师范学院学报》2003年第3期。

② 见 Britain & Trudgill 2005: *Originally regional variants in the dialect mix may acquire a new role as stylistic or social status variants in the new dialect.*

以上提及的三个小个案都属于不同的情况。在反映河北献县方言的《汉语入门》里出现“听懂了”（能听懂）、“拿不了去”（拿不去）一类动补式动词、动趋式动词的可能式。这在18、19世纪的书面文献里极少，只能偶尔见到几例，如《儿女英雄传》的“拿不了去”、《重刊老乞大谚解》的“买不了去”或者《骆驼祥子》的“抢不了去”（见柯理思、刘淑学 2001）。这说明，这类可能式虽然在北方话里分布还相当广，但始终没能进入中国的共同语，是方言竞争的“输者”。《官话类编》分别归入“南方官话”和“北方官话”的助动词“要”和“得”到当代普通话里就被看作是属于不同的语体，后者属于“口语”语体，是“功能重新分配”的典型例子。而在《蓝青官话读本》里作为“不规范”的“有没有去”一类问句，到21世纪媒体的口语语体里，已经成为主流的疑问格式了。才三个个案，就让我们再一次认识到“共同语”发展过程中错综复杂的因素，也让我们想起来，方言差异不仅仅是语言在地理上的差异，方言和共同语的界限有时会与口语和书面语的对立发生一些交叉。

“语体”问题是最近学术界非常感兴趣的问题。我对“语体”到现在还没有给出明确的定义。接下来谈的“语体”关注句末助词在言谈现场的功能，即“对话语体”。

二、新兴进行体标记“在”和北方话句末助词“呢”的竞争

（一）进行体标记的教学问题

朱德熙先生在《现代汉语语法的语法研究对象是什么》①这篇论文里提醒过我们归纳语法规律要依据比较均匀的语料。撰写语法研究论著时遵守这个原则不一定容易，而到教学领域似乎更难。实际语言不“均匀”，怎么办？让汉语教师感到棘手的一个语法点是进行体的表达方式。典型的进行体副词“在”本身还比较好懂，法语中表示进行体和英语不同，不是用动词上的形态标记，而是用表示“在……的过程中”一类保留原来比较具体的意思的格式“être en train de+动词”，即来源于表示动作进行的处所的说法。难题是“呢”和“着”为进行体意义贡献的功能该怎么教，什么时候教？

我们学校中文系使用的初级课本在第十课里同时介绍“在”“正在”“正”“着”和“呢”。讲解部分里说明，正在进行的动作由副词“正”“在”或者“正在”来表示，助词“呢”往往出现在句末，也可以单用（尤其是在口语里）。

① 登在《中国语文》1987年第5期。

这就是说，我们教“呢”的体貌功能是作为一个“口语”层次的语法形式来处理。如果说“呢”有方言背景，初级的学生可能会觉得“你教的是普通话啊，为什么还要教方言语法呢”，用“口语”就可以回避这个问题。而且人们使用方言的情况往往让人联想到非正式的场合。

（二）“在”进入普通话的过程——口语语体背后的方言

1. 20世纪四十年代至六十年代中外学者的研究

北方话原来多用“呢”来标注进行体，比如王力先生在《中国语法理论》中，根据20世纪四十年代的语言使用情况指出：“还值得注意的是新兴的末品‘在’字（《红楼梦》里还没有它），恰等于吴语的‘勒浪’或‘勒里’（都是‘在’的意思）。然而吴语只在动词前面用‘勒浪’或‘勒里’，动词后面并没有‘着’字。依我们猜想，恐怕是北京话受了吴语的影响（注58）。现在北京话仍不用‘在’字。”注释58里还提到“朱自清先生说：‘似乎郭沫若始用此式，是川语的影响。’”

俄国汉学家雅洪托夫先生在《汉语的动词范畴》一书中也提到北京方言里是没有这个标记的，还指出普通话已完全接纳了这个新兴的进行体标记：“使用带‘在’的现在进行时的例子，可以在许多现代中国作家的作品里找到……”，“因此，可以认为带‘在’的形式已经很牢固地传入到标准语里，并且一点也感不到是方言了。然而某些作家，包括赵树理在内，总也不用这个形式”（152页）。

太田辰夫先生也在《北京话的语法特点》（1965）这篇论文中提到北京话里不用动词前的“在”和“正在”来表示动作正在进行，认为“在”也许是受吴语的影响，经过书面语言而渐渐地口语化。香坂顺一[①]同样认为进行体标记“在”是“五四”以后受了吴语的影响而形成的，经过文学语言就渗入了正在形成过程中的共同语，1949年后才被口语吸入进去。如果香坂先生的观察属实，那这个极为重要的演变是书面语带头，“在”进入共同语的口语就晚一步。

2. 最近的研究

Chirkova调查21世纪初的北京口语，在莱顿大学博士论文*In Search of Time in Peking Mandarin*（2003）里分析她收集的材料说明进行体标记“在”仍然用得很少（“在那儿”倒用得多一点）。王健[②]对进行体的表达手段进行了跨方言研究，同样指出北京市区周边的怀柔、平谷、延庆等地也不用“在”来表示动作进行。另外，仇志群[③]考察

① 《現代語の語法》，载于牛鸟德次等编《中国文化丛书 I 语言》（日本），1967年。

② 《汉语方言中的两种动态范畴》，《方言》2003年第3期。

③ 《副词“在”和“正在”的早期使用情况》，《语海新探》第三辑，山东教育出版社，1992年。

了郭沫若、沈从文等有南方背景的作家，以及老舍在不同时代撰写的作品，讨论“在+动词”出现频率的差距。我自己也确认过，反映晚清北京话的语料如《官话指南》[①]和《小额》[②]也是不用“在”表示进行体，而用句末的“呢”或“哪”，如：“——她在家哪吗？——在后头屋里抽烟哪。”(《小额》)

陈前瑞[③]进一步对老舍和王朔的作品中表示动作进行的“在”和“呢”在叙述和对话里的分布进行调查，发现两者的分布状况差距非常大：在《四世同堂》里，“在”不出现在对话里，只出现在叙述部分，而到王朔的小说，“在”也会出现在对话里；“呢”出现于叙述句里的情况在《四世同堂》里较常见，但到王朔小说“呢”基本上只出现在对话里。陈文认为：“正是因为时间副词‘在’大量进入北京话，原来表进行的‘呢’的功能才发生了重大调整，由通用于叙述和对话而改为主要用于对话。当代北京话中，同样是表进行，‘在’具有叙述性，‘呢’具有对话性。两

---

① 详见张美兰《官话指南汇校与语言研究》，上海教育出版社，2018年。

② 详见柯理思《北方方言和现代汉语语法研究：从几个具体的事例谈起》，邢向东主编《西北方言与民俗研究论丛》（二），中国社会科学出版社，2006年。

③ 《汉语内部视点体的聚集度与主观性》，《世界汉语教学》2003年第4期。

者承担着不同的话语功能。”我们从这个尖锐的分析中可以得到很大的启发。

进行体标记“在”进入共同语改变了整个“体”系统的面貌，是这100年当中的一个重要演变。今天我们最感兴趣的还不是“在”本身的问题，而是作为进行体标记“呢”的功能缩小。这个体貌功能是缩小，但是没有完全消失，在某些真实语料中还继续使用，那么我们应该怎么教？进行体能用两个语言形式问题还好办，但是让学习者感到惊讶的是一个是副词一个是句末助词，显得不整齐，体标记不成系统。所以“呢”也不妨暂时作为“口语专用形式”来处理。可是在初级阶段同时教“（正）在、着、呢”会引起学习者的纠结，尤其是这些标记出现在句子的不同位置上，还可以同现，学习者一下子消化不了，提问也很多。也许“呢”的时体功能等到中级阶段再教更妥当吧。

（三）“在北京住着呢”和“住在北京”——“在+处所词”位于动词后时的不同解读

现在再谈谈和“在”相关的另一个句式，同样显示出南北对立，但是对立的类型与上面讨论的进行体标记“在”和“呢”（分别是副词和句末助词）不完全一样，在这里要看的是句式“动词+在+处所词”的语法意义问题。太田辰夫先生在《中国语历史文法》中对“昨天我住在朋友家了”和“你在哪儿住？”两种格式提出，在北京话中“在”

位于动词后时“到达的意思很强”，“但是，这样分开使用是北京话中的特殊用法，通用的范围也许不广”。经过对河北、陕西、山西等地的北方话的调查，现在我们知道该书所说的“到达的意思很强”的意思了。在普通话中，“V在+处所”既可以表达位置变化，也可以表达变化后的状态，这已经有不少论著讨论过。如《青春之歌》的这两个例句：

> 这两年我一直跟着爸爸。……嘿，你不知道，他又做了官啦。我们住在南京——不对，他在南京，我在上海。(《青春之歌》第1部第28章)
>
> “谢谢您，余先生。不用住在您家里，要是可以，我就住在学校里。”“好，好，好！”余校长一连答应了几个好，便在前领路，把道静领到学校去。(《青春之歌》第1部第3章)

前一句的“我们住在南京”是个静态句，小说的英文译本（*The Song of Youth*，北京，1964年）翻成“Our home is in Nanking”，后一句的“住在学校里”是动态句，译成“I can stay in the school”，用不同的动词。但在100多年前的《官话指南》(1881)里边，表示静态的“住在+处所”就不出现，如果想说平常居住的地方在哪里，只能说成“在+处所+住着呢”，这和河北冀州等许多北方方言情况相同（但在

《官话指南》里“呢”记作“了”，所以作“住着了”）。然而，如果翻开把《官话指南》翻译成上海话的《土话指南》（1908），就发现“在+处所+住着呢”大部分改成了“住+拉+处所”了，即把处所短语挪到动词后。这样修改的句子还不只是含有“住”一个动词的句子，含有广义的姿势动词和放置类动词如“坐”“摆”“挂”“贴”“装”“搁”等几乎都会这样修改，比如：

> 胰子盒儿**在**脸盆架子上**搁着哪**。（《官话指南》第三章）
>
> →肥皂味。**放拉**面盆架子上。（《土话指南》下卷第三章）
>
> *Bi-zao méh faong la mié-ben ka-tse laong.*
>
> （J'ai mis le savon sur le lavabo.）[①]

这类动词在汉语里兼表达位置变化和变化后的状态，但是后者必须带“着”，普通话里位于动词后的“在+处所”可以代替这个“着”把这些动词静态化（staticize），北方话更多地是结果构式的变化义更强，“V+在+处所”只能表

① 《土话指南》除了汉字外还附有法式罗马字标引符号和法语译文。

达位置变化。我们引用的太田先生的那句话，说在北京话里“V+在+处所”句式“到达的意思很强”，指的应该是这个现象。

（四）句末助词能否表达脱离言谈现场的“客观叙事语体”

以上介绍的几个《官话指南》的例句含有句末助词“呢”。老北京话的体貌系统和现在许多北方方言一样，较多依靠一套句末助词，这些句末助词除了表示时间范畴的时体功能外，还表达说话人在交际中对命题表达的主观态度。刚才提到过“呢”的功能缩小可能和南方迁移过来的新兴标记“在”有关。可是，句末的“来（着）”在当代普通话里也基本上淘汰了，只剩下与时体关系疏远的一些语法意义，如“叫什么来着”。原来的“呢”“了”“来”构成一套整齐对立的句末形式，而现在普通话只剩下“了$_2$”一个了：

典型的北方方言：	了—来/来着—呢/哩（—呀）
普通话：	了

是什么强有力的动力能让一个显示三分（加上西北方言里的“呀”就是四分）的整齐的时体系统彻底失衡，只剩下一个孤孤零零的“了$_2$”？

方梅[1]认为决定“语体”的一个重要参照项是直接交际和间接交际的区别：“直接交际是交际双方直接的交流，口耳相传，没有媒体介入。直接交际对言谈现场提供的信息以及非语言信息（如肢体语言、眼神、表情等）依赖较强。”书面语是属于“通过书写和阅读的间接交际”，一般也缺乏即时性和交互性。语体的视角也能适用于中国120年来共同语的建设：国语（白话文）的建设也是书面语的建设。如果使用方梅先生对语体的这个分析框架，书面语的特点之一是要能够脱离言谈现场，不用依赖交际现场所提供的种种补助性信息。而句末助词的功能中有相当一部分就体现了说话人和听话人交际时的表达功能，具有方文所说的“相互性和即时性”，和言谈现场关系密切。句末助词的时体功能在普通话里之所以缩小，也许还有一个因素：人们在建立国语的过程中尽量回避口语性太浓的语言表达手段——语气助词。语气助词被认为不适合正式的客观叙事和描述，结果在脱离对话现场的书面语言里，“呢”的进行体标记功能输于“在”，“来”的过去未完成体标记功能也让其他手段取代了。“了$_2$”尽管还算是大家公认的普通话功能词，其处理仍然成为现代汉语语法、对外汉语

---

① 《语体动因对句法的塑造》，《修辞学习》2007年第6期。

语法教学的难题。就最近的研究来说，王洪君等[①]经过大规模语料考察，很清楚地梳理了“了$_2$”的隐现与“话主显身的主观近距交互式语体（非正式语体）”的关系，调查结果再一次表明句末助词的使用与否决定于非常复杂的因素。

接下来谈的现象是“书面正式语体”特有的一个词类。

三、欧化语法造成的大量动名词
——书面正式语体背后的欧化

胡明扬[②]指出普通话的规范还处在逐步形成的过程中，比如“有些方言成分却很难说是合乎规范还是不合乎规范的，因为，不少规范还是不明确的”。然而胡文还指出，“与方言的影响相比起来，欧化的书面语最难办”。在国外从事对外汉语教学，也会有同样的感受。我现在参与针对我们系三年级（中级到高级班）的汉语课本编写工作，负责语法和词汇部分。一、二年级的两本课本中课文生词是按词类来列举，但是标的词类是针对课文中出现的

① 《“了$_2$”与话主显身的主观近距交互式语体》，《语言学论丛》2009年第40辑。

② 《语体和语法》，《汉语学习》1993年第2期。

用法。到中高级的第三本，我们四个编者曾经为了每篇课文的生词是否要标词类这个问题发生过争论，我和具有丰富的写作课教学经验的另一位汉语母语者是站在“要标词类”的立场，所以决定标注词类后让我来负责。幸好现在和2005年以前不同，标词类可以依据国内许多“官方”的参考书，如《现代汉语词典》等。但是仍然有些问题较难解决：中高级课本正好大量出现具有名词化用法的动词，如“建设”“分配”“选择”“邀请”“出版”等。这些词都会有动词和名词两种法语译词，两者之间一般存在某种派生关系，如：建设——construire（动）/construction（名）、分配——répartir（动）/répartition（名）、限制——limiter（动）/limite（名）、选择——choisir（动）/choix（名）等。“建设”“分配”“选择”一进入“国家的建设”“在奖金的分配上”或者“这是唯一的选择”一类短语，就要译成名词了。形容词也出现了类似的情况，如：贫穷——pauvre（动）/pauvreté（名）。因此，考虑到教学的效率，就这类词来说，不能按照《现代汉语词典》的处理方式只标“动词”。

这类词在朱德熙《语法讲义》中处理为“名动词”，看作是动词的一个次类。后来朱德熙把这类“名动词”看作是“书面语里的一种语法现象”，但是因为“教外国人汉语的时候，不能忽略书面语的特点”，主张“书面语语法研究和口语语法研究应该分开进行”。[1]这篇文章也提出“名动词”“既有动词性，又有名词性”，也可以“把它看成兼属名词和动词两类”。“书面语和口语的语法不得不区分开来”这一观点现在已变成共识，如胡明扬《语体和语法》：“如果要写一部‘现代汉语语法’而不考虑书面语是行不通的，因为一部‘现代汉语语法’按理应该全面反映现代汉语口语和书面语的现状。这就让语法学家陷入了两难的境地。”冯胜利[2]也提出过类似的观点：“书面语的独立语法不是零星偶见，而是自成系统的体系”，还证实了双音节成分对现代书面汉语语法的重要性。

可是在汉语教学的实践中，遇见口语和书面语规律不同的时候就会觉得很苦恼。比如名动词如果只标动词不标名词，简单地告诉学生动词受到某些定语成分的修饰时会产生类似于名词的用法，就会增加学生造句时的偏误。比如与“建设”意思接近的“盖”（两者都译成construire）就只能作为动词（“盖房子”能说，而“房子的盖”就不行），与“选择”意思接近的“选”（两者都译成choisir）、与“分配”意思接近的“分”（两者都译成répartir）也有

① 《现代书面汉语里的虚化动词和名动词》，《语法丛稿》，上海教育出版社，1989 年。

② 《书面语语法及教学的相对独立性》，《语言教学与研究》2003 年第 2 期。

同样的问题。何况法国人对汉语的认识仍然有一些偏见，“无词类观”在汉语学界外还相当普遍。因此，这类词标成动词和名词两个词类比较合适，而且我们决定在教材的“词汇学知识”部分里加一小段内容，提醒学习者双音节的书面语动词往往具有名词用法，以便提高学习者对书面语语法和韵律因素的意识。

值得注意的是，根据贺阳对不同时期和不同性质的材料的系统考察[①]，这类带修饰语的“名词化”动词是19世纪二十年代后因为“中国境内翻译出版了大量印欧语言的文学作品和学术著作”，受到英语等语言的“action noun”的影响而兴起的新兴语法结构。贺文从汉语书面语欧化的角度讨论现代汉语里常见的“房屋的修建、资源的配置、目标的实现”一类结构，还有名词直接修饰动词的“空气污染”等结构流行开来的过程，证实它有明显的语体制约：限于书面语。除了贺阳先生讨论的“欧化”因素外，日语对现代书面汉语的词类格局影响也许也不小，这个问题待考。在冯胜利对书面语语法的独立性和韵律因素的重要性进行深入的理论分析之前，日本汉语教学界已经意识到这一点，比如汉日词典对“极为”“及其”“加以”一类词会标注是书面语词语，“通常修饰复音节词”或“通常带复音

① 详见《现代汉语欧化语法现象研究》，商务印书馆，2008年。

节宾语”（见《白水社中国语词典》2002年版）。但是对日语母语者来说，“建设”“分配”“申请”等词的名词用法问题不大，这些书面词语往往是汉日共用的，在日语里作为动词兼名词的“中立性”词语，不用特别提醒学习者。

我最近看了王永娜写的《汉语书面正式语体语法的泛时空化特征研究》，该书利用冯胜利先生对语体的分析框架，考察了一系列与“书面正式语言”有关的语言现象，其中有一章是讨论书面语特有的双音节动词名词化现象，提到的格式也包括“国家（的）建设”一类结构，似谓词性成分在双音节韵律形态的作用下发生了变化。王文基于认知语言学对动词名词化的研究，认为这类书面正式语体特有的结构的产生机制是动作名词化后会失去动作发生在具体空间和时间里时所包含的“个体性”（比如能带体标记），这种“泛时空化特征”更适合书面正式语体。所谓泛时空特征和上面提到的脱离日常说话的时间空间、脱离言谈现场等倾向不完全一样，但是也有相似的一面。

四、祈使、意愿范畴和句末助词

最后我来谈谈两类兼标注祈使语气的助词：从吴语区进入普通话的“尝试体”助词“看”（出现在“VV看”格式中）和没能进入普通话但是在全国各地分布得很广的所

谓“先行体”助词。

与疑问句相同，祈使句基本上是限于言谈现场的一个句类。进入本题前，先要回到“对话体”的含义。这里所说的“对话体”和“叙事体”不是一对很严谨的概念，大体上和刚才在第二节介绍的“直接交际”有许多交叉的部分。“对话语体”显示出“交互性”和“即时性”特点。冯胜利对语体的考察采用的角度略有不同，但是还是很重视“交际”：“从本质上说，正式与非正式是一种调节交际关系的语言机制。”[①]对话语体和叙事语体在一定程度上也可以和小说的叙述部分和对话部分相对应，如上面介绍的研究（陈前瑞 2003），是考察“呢”和“在”在小说里的分布。另外对话体和叙事体的对立也和句类有一定的交叉：祈使句、意愿句限于对话语体，表示祈使义的形式也会在对话里衍生出来。这里所说的“祈使句”指第二人称主语的句子，意愿句指第一人称主语的句子（现在还没有合适的概括性的名称）。当然，对话语篇里出现的句子不都是祈使句和意愿句，也包括疑问句、陈述句、感叹句。

袁毓林曾经描写过现代汉语祈使句的系统[②]，指出肯定祈使句往往是无标记的（用零形式做标记），除非是带强

① 《论语体的机制及其语法属性》，《中国语文》2010 年第 5 期。

② 《现代汉语祈使句研究》，北京大学出版社，1993 年。

调标记如“给我”“一定要”等。与此相反，否定祈使句（禁止句）是有标记的，要带否定标记“别、甭、不要、少……”，和陈述句的否定词“不”相对立（否定祈使句也可以带强调标记如“千万”等）。无标记的语言表达在初级阶段不容易教，法国的汉语教材也不例外，只说明汉语里陈述句和祈使句没有形式上的区别（但是可以用缓和命令语气的形式如“吧”“一下”等）。与法语的动词用词尾标注“命令式”不同，汉语动词不发生变化，学习者就以为汉语是一个对陈述句和祈使句的对立不敏感的语言。实际上我认为不是。汉语某些词或者某一些语言格式除了其核心意义外还会兼表示祈使、意愿义。

比如说“你去问问看”的“看”轻读，较早就被认定是助词[①]，赵元任叫作“tentative particle”。吴福祥[②]还考察了“看”在各个句类里的分布：“看”最常出现的句类是祈使句，即使出现在疑问句里，句子表达的意思还是诱劝或建议，不能出现在感叹句里。至于陈述句，第三人称主语要加一个意志类动词才可以与“看”共现：

小王也**想试试看**。（？小王试试看。）

---

① 吕叔湘《现代汉语八百词》，商务印书馆，1980年。

② 《尝试态助词“看”的历史考察》，《语言研究》1995年第2期。

我让他试试看。（？他试试看。）

尽管如此，吴文还是认为“看”表示的是“尝试态”，即标注“态”（体）范畴，这较好地反映了20世纪九十年代以前对汉语语法范畴的认识：碰到兼标注时体和情态范畴的形式，把它归入时体范畴。然而，这种处理无法解决“看”对句类和人称的选择关系。20世纪的汉语研究对祈使范畴意识较淡薄。如果我们把“间接”标记也包括进去的话，那么“你去问问看”的这个“看”也可以看作是一个名副其实的“祈使范畴标记”。因为“看”也出现在第一人称主语句中，我就采用“祈使、意愿范畴”的说法，如陆俭明举的例子：“我先到别处找找看。”（《三里湾》）①

如果我们翻翻《汉语方言地图集·语法卷》，只要看地图60“你去问问”就可以确认助词“看”也是来自南方。据阮桂君②的考察，“VV看”原来主要分布在吴语区作家的作品里。阮文虽然采用“尝试体助词”的说法，但是详细地描述了宁波话的“VV看”对句类和人称的选择。

现在“VV看”表示尝试的格式已经进入了我们的对外汉语教学。“看”的这种用法不一定很难掌握，最起码我所

① 《现代汉语中一个新的语助词“看”》，《中国语文》1959年第10期。

② 《宁波话语助词“看”》，《华中科技大学学报》2005年第6期。

熟悉的法语和日语中都存在着类似的说法，如日语的“食べてみてください。Tabe-te-mi-te-kudasai”（你吃吃看=你尝尝）、“一度会ってみたいね。Ichido at-te-mi-tai ne”（我想见一面看，mi-ru 是“看”的意思）；法语也常说“Dis-moi voir”（你给我说说看）。日语的-miru也被看作是语法化的助动词，放在复杂谓语的末尾，可以带时体标记。法语的 voir 是动词 voir（看、见），用在这个格式里形态上已经不能变了，限于不定式，有人看作是副词。有趣的是，法语的“V看”的动词限于祈使式，有句类限制，不能构成已然句；而日语的“V看”则可以用来表示已然的尝试，第三人称主语也可以，不受限制，如“書いてみた。Kaite-mita”（直译：我写写看过）。法语、日语的平行例子告诉我们，“看”与其他动词组合，经过一定语法化表示尝试义是很常见的现象，但是不一定限于祈使、意愿范畴。汉语的肯定祈使句缺乏专用的标记不等于说是对陈述句和祈使句的对立不敏感的语言，只是兼用形式占多数，需要我们一一去观察，补充教材、参考书上对句类限制的记载。比较有代表性的参考书不一定包括“VV看”这个格式，除了《现代汉语八百词》外，施春宏的《汉语基本知识》有这方面的讲解，是作为动态助词来介绍，没有提到句类的选择。

如果继续翻翻《汉语方言地图集·语法卷》，还会发现汉语有一个重要的语法意义在许多汉语方言里由句末助词来标注。地图86的标题用例句“歇一会儿着再说”作为代表例句，其中的“着”是后置成分，表示“等做完某事再进行下文的动作”。这个“着”在汉语史上曾经存在过，但没有进入现代普通话，所以地图86附有符号“〈方〉”，表示地图的对象在普通话里是缺项。这个“着”在中国北部和中部不少地区的方言里都能观察到，可以参看杨永龙[①]、邢向东[②]等研究。东南部方言用其他句末形式来表达类似的祈使意义，学者叫作“先事意义助词”“先行意义助词”，也能见到看作是体貌标记的论著。

在我以前考察过的客家话里，副词“正”具有“再”和“才”的意思，语法化成句末助词表示“先……再说”（地图86有“正”的记载），只能出现在祈使句和意愿句中。实际上广东话的“先”和“正”平行的地方很多。这些句末形式在某些句子里被翻译成普通话的“先”，所以在早期研究中往往被看作是“后置副词”，忽视它情态方面的特征，直到最近才开始重视这个句末助词在言谈现场中的

① 《汉语方言先时助词“着”的来源》，《语言研究》2002年第2期。

② 《论现代汉语方言祈使语气词“看”的形成》，《方言》2004年第4期。

作用。比如邓思颖[①]关注进入“VP+先”的动词和进入祈使句的动词重合，把粤语的“先”和义务情态、言域连接起来进行分析。我是在整理19世纪末巴色会的客家话圣经时注意到客家话“正”的句末用法的，到广东惠州去调查前，从文献中已经收集了丰富的例句。现在回想起来，这是因为圣经是富有命令句和禁止句的语料，如：

另外兜又话，等吓正，看以利亚来救佢唔。(《客话圣经》)

其余的人说，且等着，看以利亚来救他不来。(《官话圣经》)

本节提到的两类助词有一个共同点：因为不是标注祈使语气的专用形式，最初从它标注时间范畴的一面入手，而忽视与对话语体关系最密切的另一层语法意义。把表示祈使、意愿范畴的词处理为标注其他范畴的词并不仅仅是这两个。比如《现代汉语八百词》把“再”和“才”的区别概括为“尚未实现”和“已实现”的对立。这样解释法语母语者、日语母语者等确实较容易听懂。可是后来，马

① 《言域的句法分析——以粤语“先”为例》，《语言科学》2012年第1期。

希文[①]进一步分析关联词“再”和“才”的意义，指出“再”用来要求“在某一条件出现以前不要去实现预设里的某个意愿”，而“才”不能进入祈使句，所以两者的差别实际上是祈使句和叙述句的差别而不是已然和未然的问题。另外，马真[②]也提到“再”进入第三人称主语的句子是受到一定限制的，如“他再找找”不如“他想再找找”好。人称方面的限制可以为马希文先生的观点提供旁证。普通话的关联副词“再”的语法意义正好和刚才提到的表示“先……再说”义的句末助词接近。山东金乡话用“再”放在句末来表达这种意义，对客家话的“正”所经过的语法化路径提出了远方的旁证。[③]

总结

今天提到的词语中有“语气词”，语气词的表述功能通常包含从时体到情态的不同语义因素，语言学界喜欢用TAME（Tense时，Aspect体，Modality情态，Evidentiality

---

① 《跟副词“再”有关的几个句式》，《中国语文》1985年第2期。

② 《关于表重复的副词“又”、“再”、“还”》，载于陆俭明、马真著《现代汉语虚词散论》，语文出版社，1999年。

③ 如马凤如《金乡方言志》中例句：——快回家吃饭去吧！——慌得啥！干完活再！

示证）概括起来，这也表示这些范畴在世界许多语言里会有交叉，虽然交叉的模式会有不同。在汉语里，这些语法范畴往往由句末助词来充当。语气词是说话人和交际对象在同一个空间、同一个时间里交流而使用的代表词类。100年前重视国语作为“客观叙事工具”的功能，觉得欧化文法可以让语言更精密。语气词是欧化语法所没有的东西，也不一定符合当时的形势。朱自清先生讨论过什么是适当的欧化，什么是过分的欧化，“也欣赏纯方言或夹方言的写作”，觉得夹杂西南官话的作品丰富了人们的写作语言，认为“国语似乎该来个门户开放政策，才能成其为国语”。[①]

回到今天的起点：在国外教汉语往往会因为汉语这100多年的演变及其背后的复杂因素而陷入困境。从法国外语教学的习惯看，介绍某一个词是属于非正式的口语层次或者属于正式书面语层次是很容易接受的，但是讲解某一个虚词、某一个语法格式的时候很少会想到分别讲解其在对话语体中的语法意义和叙事语体中（或叙述句、描写句中）的语法意义。在国外学习汉语的学习者更难熟悉对话语篇特有的语法意义，他们会先想到书面语的叙述句的意义。比如《汉语动词用法词典》在动词“游泳”的“重

---

① 《诵读教学》，1946年，《朱自清全集》第三卷，时代文艺出版社，2000年。

叠”这一项举的例句是“游游泳凉快凉快”。有一次我想让学生注意离合词的构词特点，叫学生翻译后发现，大部分学生（包括水平不错的学生）翻成表达“他游了一会儿泳就凉快了”的法语句子。理解错的原因之一是例句没有显性的主语，又没有语境，但是还有一个因素是学生没能从动词重叠式后出现目的动作这样的连动句判断出这大概是对话语体，句子表示意愿或劝诱。我们知道，对话语体和叙述语体对动词重叠式的语法解读起到重要作用。[①]法国以往的课本主要从现代汉语的文言文成分来讲解“书面语”的一些词语。现在编写的中级课本决定在每一课的“词汇语法”部分里增加一段专门讲解一些属于正式书面语体和非正式口语语体的词和语言格式，希望能够帮助学习者提高对这些问题的意识。

问：我刚才听您说到《官话指南》里把“住着呢”记为“住着了”，这个现象确实在北方地区的部分方言中有，请问您怎么看这个“了”和“呢”的关系？

答：关于《官话指南》中的“了”兼有“了”和“呢”

① 参看刘月华《动词重叠的表达功能及可重叠动词的范畴》，《中国语文》1983年第1期。

的功能，我倾向于认为只是当时记录的官话的一种在语音上的混淆，句末助词“呢”在许多北方方言里以l-声母开头，韵尾又弱化。我在现阶段不认为是“了”和“呢”的功能混淆的结果。不过这需要观察更多的方言材料，这种方言我也碰到过。我目前对这个问题还没有更清晰的答案。

问：非常感谢柯理思教授的演讲，给我很多启发。我想问一个关于对外汉语教学方面的问题。您刚才提到，一些特别口语化的说法或者涉及方言的说法可以先不告诉学生，暂时回避，到了中高级阶段再讲给学生。那有的时候学生会在真实的生活中遇到这样的问题，这时候我们应该怎样处理？

答：我刚才说的“暂时回避”是指在编写教材的时候，对语法点的说明里最好避免从一开始提出太复杂的因素。我们学校也有一些学生来自温州家庭等，家里有人讲方言，学生如果问到这个具体问题我还是会当面适当地讲解。但是有一点需要补充说明：国外的汉语教学环境与国内截然不同。学习者下课后没有机会接触日常会话，无法亲自经验多种多样的交际场合，因而体会不同语体、慢慢去认识这些问题是不大可能的。

（整理者　田永苹）

第四讲　从《芥子园画传》与《命运之轮》看中欧绘画之比较

内容简介：通过比较《芥子园画传》与《命运之轮》这两本习画手册所体现的渊源有自的中欧绘画传统，可以观察古代中国人与欧洲人在审美取向上的差异。西方画家通过数学和几何学来呈现对世界的理性观察和认识，并以此来呈现自然；而中国画家则通过文人画走出了另一条道路，即相信“我作故我在”的行动主义，用连接内在感受与外在印迹的画笔，让世界成为画家的印迹，画家成为创造的源泉。

主讲人介绍：高建平，瑞典乌普萨拉大学美学博士，中国社会科学院研究员。现任中华美学学会会长，中外文论学会会长，《外国美学》集刊主编。曾任国际美学学会主席。著有《画境探幽：中国绘画的精神结构》(1995)、《中国艺术中的表现性动作：从书法到绘画》(1996)、《全球化与中国艺术》(2008)、《全球与地方：比较视野下的美学与文化》(2009)等；翻译作品有彼得·比格尔《先锋派理论》(2002)、约翰·杜威《艺术即经验》(2005)、杰克·斯佩克特《弗洛伊德的美学》(2006)、门罗·比厄斯利《西方美学简史》(2006)等。

非常荣幸来到清华大学与大家进行学术交流。我在八十年代读了一本书，就是宗白华先生的《美学散步》，他说中国绘画和西方绘画有这样一个区别：西方绘画是一种团块造型，它源于建筑；而中国的绘画是线的造型，源于书法。这是一个很大的题目，可以从很多方面进行探讨。我想从一个具体的角度来切入，就是透过中西两部习画范本来看中西绘画传统的差别。

贡布里希在《艺术与错觉》中谈到中国艺术，他感到一种困惑。贡布里希写道："没有什么艺术传统像古代中国那样更强调灵感的原发性力量，但恰恰是在那儿，我们看到一种完全对所获得语汇的依赖。"他大概是说，中国画家非常强调模仿古代前人的作品，有一种朝后看的倾向，但是同时，又非常强调一种即兴的、原发性的灵感，这就构成了矛盾，他感到很奇特，难以理解。贡布里希是著名的艺术史家，写过很多重要的作品，但是他不太懂中国的艺术，也很少提到中国绘画。我曾经在英国开会时见过贡布里希，向他请教过中国艺术方面的理论问题，他持一种躲避的态度。他回答说，他只是一个艺术史家。这意味着他不太愿意涉及中国艺术背后的理论问题，对于中国的艺术，他基本是用介绍、描述的方法，并不进一步去说背后的理论问题。那么，怎么看中国艺术的独特之处？贡布里希没有说，但是我们需要揭示。

我想从一本书说起，来说明欧洲的绘画所获得的语汇。这是一本中世纪的书，中世纪作家和画家维拉尔·德奥内库尔的《构造：命运之轮》，这是四十多张羊皮纸，在上面画了四十多幅画，当时藏在修道院的深处。它后来被发现后，引起了很多讨论，被视为很重要的文献，因为中世纪谈绘画的材料非常少。研究者认为，这本书成书于1235年，那个时代是中国的文化非常繁荣的时候。但是在那个时代的欧洲，在中世纪的修道院里，星星点点地保存了一些文明的火种，在其他地方则很少存留有关绘画艺术的专论。

这个羊皮纸显示了怎样教人作画。我们知道西方有工匠的传统，在工匠技艺的传承中，师傅们所掌握的秘不示人的诀窍知识，只教给最看重的学生。在现代社会，我们说哪个学生得到了老师的真传，这只是一种比喻的说法。老师们都是毫无保留地把自己的学识传授给自己的学生，老师们没有什么不可传的知识秘诀。但是在古代，经验丰富的画匠、建筑师等拥有的最看家的本领，只有最得意、最欣赏的学生才传授。

在工匠传统中，一般的、基本的知识会教你，最关键的东西不教给你，这本书告诉你的就是这样的东西。这本书里面包含了一些用几何图形构图的秘诀。我们外行从中读不出这些东西来，但是当你学习、修行到一定程度时，你就差这一点点知识，这是一个行业的诀窍。从这个书中可以看出行业的秘诀，是关于几何图形和绘画构图的知识。我们知道，古希腊就有几何学，而到了中世纪，大批的东西已经丢了，还剩下这些东西。玛丽-泰蕾兹·泽纳尔曾经写过一篇文章，专门研究这本书，她将这本书与欧几里得的几何学比较，认为写这本书的人应该知道欧几里得的几何学，他至少看过欧几里得原本的断简残篇，或者他是依靠从工匠那里口口相传的实用几何学，获得了这方面的行业秘诀和留下来的知识。

玛丽-泰蕾兹·泽纳尔在文中指出，在古代的地中海盆地以及中世纪的西方，学者们认为机械是更高贵的人类活动。中世纪的时候有了实用几何学，不是古希腊的为科学而科学，为知识而知识，为艺术而艺术，也许修道院里有，但是在这些工匠中流传的是实用的知识，是口耳相传、手把手地传授的知识。这不是给你一本书，你自己去读通了来习得的。玛丽-泰蕾兹·泽纳尔认为，在《构造：命运之轮》这本书里面就有欧几里得的几何学。我们以为希腊罗马的东西在中世纪的时候已经失传了，但是它们还是留下了很多的印记，这是一个大的传统，即西方美学的形式主义传统。

有一本书叫《六个概念的历史》，其中介绍了形式主义的传统。我们常说内容和形式，认为内容是理性的，形式是感性的。在古希腊哲学家那里，则正好相反，形式就是理性的，第一因就是形式因，这是一个数学的传统。美在形式，这一切都来源于一个人，他叫毕达哥拉斯。我们现在都说，哲学史都是从希腊人写起。罗素说，哲学史是从泰勒斯开始的。泰勒斯说，世界源于水。我想仿着说，美学是从一个人开始的，他叫毕达哥拉斯。他将世界归结为数，美学就是一种数量关系。我们所熟悉的一些美学史书，都是从毕达哥拉斯写起的，我最近翻译的一本书，也是如此。

毕达哥拉斯是一位数学家，他从数出发，开启了形式主义的传统。柏拉图的《斐利布篇》说，简单的几何形体，用圆规和直尺生产出来的形体，是绝对而永恒的美。这个思想可以上溯到两河流域和古埃及，在毕达哥拉斯和柏拉图那里，这些早期知识得到结晶，并作为占据主导地位的理论传给后世，特别是在文艺复兴时代的达·芬奇那里发扬光大。可以说，这个理论是从两河流域和古埃及，到古希腊，再到中世纪，到达·芬奇，再到丢勒谈论用圆规和直尺绘画的原理。所以说几何学和形式主义传统是联系在一起的。

毕达哥拉斯从弦的长度比例与音高间关系中发现了和谐，认为物质世界就是数，或者说就是数的模型，这是万物源于数的思想。在希腊人的心目中，建筑也是数。有一个神话故事，说雅典城是怎么建立的。故事说奥尔弗斯弹起了他的竖琴，所有的石头都在跳舞，当他的琴声停止，这些石头就凝固下来，成了雅典城，所以整个城市就是凝固的音乐。这个故事也深刻地反映了古希腊人关于建筑的观念，从建筑扩展到雕塑，扩展到绘画。迪塞诺（Disegno）现在可以被翻译成设计或素描，但是在古希腊则被当作是神的功能。谁在弹琴？是神在弹琴，石头就跳起舞来，琴声停了，石头就变成凝固的音乐。通过迪塞诺这一神性的起源，神教会建筑师建造大厦，发明了字母和数学符号，这一切是来自于一种神意，神以disegno（un segno di dio的缩写，意思是神的指号）的方式向人显现。在古希腊人看来，所有可见的东西背后都有一种形而上的指向。这样一种形而上的思想，慢慢变成了新柏拉图主义，这样一种思想很容易被中世纪的人接受，即上帝是按照几何的原理构造世界的。达·芬奇认为自己是科学家。他曾在《建筑十书》的页边画过一幅男性人体图，图中分别用圆形与矩形展现了人体奇妙的构造比例。这幅图经常被用来作为达·芬奇展览的招贴画，而《建筑十书》也引起了很多画家的好奇。其实这幅人体图是达·芬奇阅读《建筑十书》时所做的一则读书笔记，他看到了书上的一段话，用图画的方式展示出来，辅助理解书中的内容。因为达·芬奇他们都接受了基本的几何训练，所以体现出了这样一种作画背后的几何与数的传统。

说完西方，再说说中国。我们能说中国古代没有这个数学的传统吗？《吕氏春秋》中就有相关的记载，例如“音乐之所由来者远矣。生于度量，本于太一”，还提到黄帝时，一位名叫伶伦的音乐家作乐律，他用十二筒制十二律，可见音乐本身与数学之间的关系是密不可分的。中国人非常熟悉这些东西，中国古代的音乐也非常发达，当然中国古代的音乐也体现了对数的理解。大家都熟悉曾侯乙墓，在这里发现了公元前433年的编钟。能够造出这样的乐器，正是因为懂得声音与数学之间的关系，能精确地调出相应的音高来，达到了非常高超的水平。西方汉学家庞特描绘曾侯乙墓编钟的时候，指出这些编钟能够非常准确地发出绝大多数的半音音阶，它在音乐上的意义一点也不亚于罗塞塔石。我们知道，罗塞塔石上有埃及文和希腊文的双语对照，经过比较和对读研究，可以释读出古代的埃及文。曾侯乙墓编钟就像罗塞塔石一样，能够帮助人们理解那个时代工艺发展的水平、音乐的水平。中国的河图洛书也记录了各种各样的数学关系，揭示了数字的规律，并在传说中被赋予了与河流相关的神秘起源：龙马驮着河图，神龟背负着洛书，来到世间。可见，数学总是带着一种神秘的起源。中国古代的建筑也有这样的传统。比如在建筑布局中影响深远的盖天说，可以追溯到四千年前的龙山文化，这种学说相信，天是圆的，地是方的。盖天说对后世的建筑，特别是对关于天和地的祭坛以及帝王宫殿的建造产生了巨大的影响。所有这些思想的背后都有一个复杂的数学关系。可见中国是一个有数学的民族，跟音乐、建筑等很多东西都联系在一起。

我们还是回到贡布里希的书中。他说，中国人是第一个不把作画看成是一种低下的工作，并把画家放在与天才的诗人同等地位的民族。这句话恰恰说错了。中国古代的工匠和诗人是泾渭分明的，百工是下等的，诗人是属于上层阶级的，这是上层和下层的区分，中国和欧洲都是一样的。不过，一种新的上层阶级的画在汉朝末年开始出现。张彦远在《历代名画记》中讲了一个故事，是关于阎立本的。皇帝和大臣们玩赏风光，看到很多奇鸟，皇帝知道阎立本会画画儿，就叫他把鸟画下来，群臣都站在旁边看他作画。阎立本一边画一边感慨，自己本来也是文化人，只不过平素会画而已，今日却被叫来当众作画，成了画师阎立本，觉得自己遭受了奇耻大辱。可见画师的地位是很低下的。到了王维，对于绘画，他就很坦然，说我就是游戏笔墨，“当世谬词客，前身应画师”。相比阎立本，王维没有那一重心理障碍，他也带来了诗书画合一的传统。不过王维这些人毕竟是很少的一批人，中国大批的画师还是工匠传统，职业的画师是学出来的。哈佛大学的中国画教授卜寿珊曾说过：“士大夫画从一开始就是一小批受教育者的艺术，只在一个小小的私密的圈子里被创作和欣赏。然后，尽管它具有如此精英的起源，它的影响却越来越大，到了晚明，文人画的风格、实践和观点成为了被普遍接受的艺术和思想的方式。”

宋朝有三种画家，分别是文人画家、宫廷画家和民间专业画家。宫廷画家中最有名的是宋徽宗，一个很差的皇帝，却是一个很好的画家。此外，还存在着大量的民间画家，他们最大的理想就是考进宫廷画院。但是到清朝的时候，宫廷画家和民间专业画家都继承了文人画的传统。比如扬州八怪，就是活跃在商业文明非常发达的扬州一带的民间专业画家。当时，扬州作为极为繁盛的商业城市，有一批盐商，他们有字画的需求，而专业画家们则依托这个市场。郑板桥曾说，他要把他的字画明码标价。我在《儒林外史》中看到了一段跟郑板桥差不多的描述，故事是两个人在聊天儿，姓金的说，盐呆子煞是可恶，派管家拿了八十两银子来取一副对联，我说，我的小字是一两一个，大字是十两一个，我这二十二个字，价值二百二十两银子。管家一言不发回去了，后来商人亲自坐了轿子过来，给画家二百二十两银子，把对联当面撕毁，画家也把二百二十两银子都扔到大街上，让过路人捡去了。这个姓金的为什么要把银子扔掉？这个故事说的是什么意思？姓金的认为这口气不能忍，今天必须把银子扔掉，不要看眼前的这一点损失，否则从此他就一钱不值了。我们要解读文艺与市场的关系，这是一个非常好的注脚。

我们再回到欧洲，欧洲的画家如何提高自己的地位呢？在欧洲的传统中，认为机械是一种高贵的活动，中世纪的时候，艺术家通过说自己是科学家提高自己的地位，认为绘画中有数学，画家本人还懂解剖学，知道人体背后的骨骼是怎样运动的。文艺复兴时期，像达·芬奇、米开朗基罗、提香等人，通过复兴古希腊艺术、倡导人文主义来提升艺术的地位。我们再反观中国，中国是通过诗、书、画的合一，特别是通过将绘画和书法加以联系，来提高绘画的地位。我曾写过书画同源的文章，认为书画同源是一种来自画家的话语，画家们用这套话语，来将绘画攀比书法。可见，中欧的传统不一样，提升艺术家地位的方式也不一样。

如果说《命运之轮》是理解欧洲绘画的一把钥匙，可以从中看出一种用圆规和直尺作画的审美追求，那么中国的绘画传统就与此迥然不同。宋代的黄休复写过《益州名画录》，他在书中分出四品，最高的是“逸品”，说“逸品”是“拙规矩于方圆”，就是说不要用矩尺和圆规来画方形和圆形。这不是黄休复的发明，他只是陈述了一个传统，在他之前就有人这么说。张彦远说，如果用圆规直尺去画，就是死画，不是真画。很多画不用尺子，不用圆规，重视徒手画，重视徒手一笔见出生气的感觉，这种感觉就与书法联系在一起。

《芥子园画传》是一部非常有影响力的书，清代的散文家和戏剧家李渔支持了这部书的编写，并为第一卷写了序言。“芥子”的意思来源于佛教的一个比喻，即芥子虽小，能纳须弥，用来表示一书虽小但是内容众多。《芥子园画传》一共有四部。当时刻书卖书已经很普及，这部书的需求量很大，成了学画的范本。这本书总结了中国绘画的基本理论，提供了大量的图画供学习者临摹实践，让习画者学会基本的语汇，用贡布里希的话说，就是让习画者成为山、树或花的制作者，成为“maker”。

《芥子园画传》的第一卷第一幅画展现了一组树枝的基本画法。在画的旁边，还配有一段文字：“画山水，必先画树。树必先干，干立加点，则成茂林。增枝则成枯树。”这是讲绘画起首的方法，怎样画一棵树。书中还教习画者如何把更多的成分放在一起，比如如何处理两棵树、三棵树、五棵树的构型关系。这是先学习绘画的一些基本语汇，然后学习不同的笔画如何构成单元，如何拼成更复杂的组合关系，再进而临摹古人的作品。这本书就是在说这些内容。它不是告诉你一个小秘诀，不是告诉你如何构成一个几何图形，而是让习画者学习古代名家是如何画山、画树，如何处理不同的构型关系的。《芥子园画传》让习画者像临书法字帖一样来临这些画，在手的感觉和运动中，学到先画什么、后画什么，教给他们一个具体的过程。五代的时候有个人叫荆浩，他在著作中设定了一个学画的年轻人，老翁问他什么是画，年轻人说，画就是画得像呗。老人说："画者画也。"这就借老人之口，给画提供了一个简单而意味深长的定义。"画者画也"，是说画就是去画。我们面对一个对象的时候，要把它化为一个手的行动，化为绘画的动作。这不是说中国古代没有像毕达哥拉斯那样的数学家，而是说中国人通过文人画有意将中国的绘画转到这个轨道上来了。苏轼等人关于文人画的观点和主张，影响了后人，改变了后人。他们有意逃避对制图工具的使用，对于他们来说，世界不是通过数学发现其秘密的地方，世界就在我的周围，我就生活在其中，这是两种完全不同的世界观。由此我们有着完全不同的语汇，习画者通过摹写画谱和名画获得语汇，并通过观看和模仿自然更新这些语汇。作画的过程是一个有其开始、中间和结尾的经验，画画儿是我的行动，是我的行动留下的痕迹，从中可以看到我的气韵风神。在作画的过程中，中国画家可以运用他早年积累的大量语汇，来自由地表达自己的情感，但他们当下的经验和动态感受则始终成为这一过程的中心。

从这个意义上说，我们以前不好理解的说法就变得可以理解了。中国古代有一笔画的故事，我们以前以为，一笔画就是把什么都连在一起。其实，一笔画是指笔画间的相互联系构成了一种完整的整体。正如郭思指出的，一笔画乃是自始及终，笔有朝揖，连绵相属，气脉不断。这是下一笔看上一笔的意趣，是一个连续的过程，所以中国人也把作画比作下棋，正是出于这种连绵相属、气脉不断的意趣。

一笔画可以指作画的熟练，显示出在使用获得性语汇时的纯熟程度，而中国古人更进一步，提出了相当特别的“一画”理论。石涛说：“古今法障不了，由一画之理不明，一画明，则障不在目，而画可从心，画从心而障自远矣。”一画的行动成为一种连接内在感受与外在印迹的桥梁，这是一种行动及其动觉感受与这种行动留下的印迹之间的因果关系。从笔画间的顺序，到一笔画，再到形而上的一画观念，构成了中国画家思想的全过程。这不是像欧洲绘画那样，通过绘画体会神性的存在，不是把画看作神向我们显现的一个符号，而是“出笔混沌开”，我由手的自由的运动展现一种神性，画家自己成了造物主，绘画成为画家自我修养的过程。中国画家不是相信“我思故我在”的理性主义，而是相信“我作故我在”的行动主义。世界是我的印迹，我是创造的源泉，这就构成了中欧绘画传统的一种重要差别。

谢谢大家。

问：《芥子园画传》能不能体现中国审美的最高境界？

答：我想说的美学不是上层人的几句语录，而是共有的思想。《芥子园画传》是初级的、入门的书，书中的内容是很接地气的，从基本笔法教起。这就像我们研究一个时代的美学思想，不是官方的，而是来自民间的实践，这是更能体现深入人心、深入下层的东西。《芥子园画传》的作者读不懂石涛的理论，他们来自工匠的实践。在清代，原本属于上层的文人画的观念慢慢传递到了下层，渗透到广大的民间专业画家的群体实践中，使得普遍的实践得到了彻底的改变，我想说的是这样一个传统和演进脉络，它们背后有着某种共通的审美观念。

问：如果《芥子园画传》的出现时间在历史上提前或者推后，对于中国的绘画传统会有什么影响？

答：我们可以把这个问题转换一下，如果塞尚早生一百年会怎么样？人是时代的产物，他也从属于他的时代。我们再推演，如果没有苏轼，文人画的发展会怎么样？但是我们从更早的时候，从张彦远、王维那里，就看到了这个传统，这个文人画的传统是一直都有、连绵不断的，是在一步步向前推进，只不过苏轼很多关于绘画的文章和观点，极大地推动了这个过程。可以说，其实不是哪一个人，而是每一个重要的人都在其中起了某种作用，只是有些人在这个过程中更多地得到了强调。历史是个人的，同时也是共同的，个人同时也是时代的产物。

问：古人写字、画画儿，也讲求一定的比例、对称和布局，这一点与西方相比，又有什么差别呢？

答：我曾经去过意大利和法国，看他们的几何图形的花园。在欧洲也看到一些英式花园，反对对称。可能是他们觉得太对称了，所以要引入一些不对称的东西。中国画家怎么构图？他们不是讲求一个简单的对称，不是维持一个僵死的平衡，他们的对称和平衡不是计算出来的，而是感觉出来的。《芥子园画传》寻找一种结构关系，更重要的是寻找一种时间关系，把作画本身变成一个动态的过程，先画什么，后画什么，像书法家那样，讲求运笔的连绵相属的感觉，是下一笔根据上一笔进行衔接调整的、气脉不绝的关系。

问：如何理解文人画、写意画里面也有规矩？

答：规矩是个多义词，它有一个含义，是指有没有师承，属于哪一派。如果没有师承，不属于哪一派，就是野路子。当然，任何艺术都是这样，都有自身的传统和轨迹。我今天讲的是中国和西方绘画的比较，并没有讲某些具体的派别及其画法。不管某位古代画家是从哪一派学出来的，是属于哪一派的，只要他是中国的，他的基本的进入绘画的方式，就有一种中国绘画传统的烙印。我不否认这位画家在绘画中遵循某些具体的规矩，但是他所遵循的规矩与西方绘画的种种规矩相比，有着鲜明的差异。从圆规直尺的几何关系来说，欧洲绘画有其自身的传统，并在这个传统脉络中延展出了另一些具体的规矩。我想说的，是从具体规矩背后所属的绘画传统中，看到中国绘画和西方绘画的差别。

（整理者　刘佳慧）

第五讲　现代性与文学的诞生

——朱自清先生与文学学科的创建*

内容简介：“文学”的概念并非自古有之，它的诞生事实上与现代人文社会学科的出现密不可分。文学与批评是同一事物的两面，双方互为前提条件。文学使用日常语言，但又超越其范围，所创造的世界模拟现实，但并不复制现实，而是以一种独特的方式维持在“妄想”与“逻辑”之间，并且用辩证的方式使书写的主体在表意行为的过程中不断地接受考验与反思自身的实践。中西方现代文学的诞生皆是为了超克启蒙现代性的危机，双方皆是以语言的议题作为起点。不过因各自的处境不同，西方注重的是语言的本体性，从语言走向书写，而中国强调的是语言的实用

---

* 本文初稿于2018年10月底在北京清华大学中文系“纪念朱自清诞辰120周年”系列演讲中宣读，原题为《朱自清先生与文学学科的创建》。感谢主办单位的邀请，并允许结集出版前经过修改与补充在刊物上发表。

性，从文言走向白话；西方用文学拯救的是个人生命的价值，而中国则以文学拯救集体国族的生存。

主讲人介绍：于治中教授，出生于台湾高雄，1988年获法国巴黎第七大学现代文学系博士学位，现任台湾清华大学外国语文学系教授，《台湾社会研究季刊》顾问。于治中教授在法国当代文学理论和批评理论方面有深入的研究，出版有学术专著《意识形态的幽灵》并发表论文多篇。

一、朱自清与文学学科的改革

朱自清先生出生于1898年，距今已有120年。他于1948年逝世，今年也正好是他逝世70周年纪念。朱先生逝世的时候，杨振声先生曾经于上海的《文学杂志》上写了一篇追悼朱先生的文章，题目是“为追悼朱自清先生讲到中国文学系”。在这篇文章的一开始，杨先生说：

> 纪念的意义，在使我们敬爱的人虽死犹生。那么最好的办法是，把他那有志完成，而未能完成的事业，继续他的志愿做下去，像他在时那样。如此，一个人生命的短长，才可以不用年龄去计算。[①]

① 杨振声《为追悼朱自清先生讲到中国文学系》，《文学杂志》1948年第3卷第5期，34—40页。

杨先生认为，朱先生之所以受人景仰与怀念，不仅是因为他的人格与文章影响过莘莘学子与广大青年，更值得称道的是，他引领中国文学系走向了一个新的方向。因为自新文学运动诞生以来，我们虽然移植了西方的大学体制与学科的划分方式，创建了诸如经济、社会、哲学、历史等不同的学系，并且力图让其中每一个学科都按照专业性或普遍性的概念，努力去建立本身独立自主的领域，可是有两个学系却仍然是以地域性的中国与外国，或者是文化性的东方与西方，作为自身存在的依据，就是：中国语文学系与外国语文学系。

从学术内部的划分来看，这两个似乎是互不隶属以及形式上各自独立的领域，事实上在相互对立的表象下相互依赖，互相以对方的存在作为自身存在的前提，因为它们分享着同一个认识论对象，亦即“文学”。为何文学因为语言表达的形式不同，必须有别于其他学科，以另外的方式去建构自我？而与文学类似的领域，如哲学或历史，却可以自在地拥有自身专属的学科？虽然在中国不言而喻地人们都知道，哲学系基本上是以西洋哲学为主，而历史系一般是以中国历史为研究对象。

正因为中文／外语两系的分科方式，使中西对立并且语言与文学不分，闻一多先生在1947年的时候，根据语言学发展的趋势，建议将中国语文学系与外国语文学系二者合并。他指出，这种畸形现象的存在，其实与中国近百年来半封建半殖民地的社会性质有关：首先，以国别作为文学语言的划分标准，基本上反映着两种社会的残余意识，一种是以保存国粹为己任的遗老遗少，另一种则是以推展西方价值为宗旨的文化买办；其次，以语言作为学科分类的标准，根本上是混淆了语言与文学之间的关系，从而在中文系里文字学往往沦为文学的附庸，或者如外语系那样，本末倒置，专注于语言训练。所以他提议，以学科的性质作为标准，将中文、外语二系改为文学系与语言学系。①不过，闻一多先生在口头上向清华大学校方提出这个建议不久后就逝世了。

朱自清先生整理了这份遗稿后，也写了文章附和了中、外文系合并的主张，不过他没有将问题局限在语言问题，而是从中国新文学发展的使命立论。他指出，一直困扰着学界的关键，不只是文言与语体的差别，或是中文与外语的不同，而应该是新旧文学究竟如何衔接、中外文学应该如何沟通的问题。他说："中国的新文学是对旧文学的革命，是另起炉灶的新传统，是现代化的一环。大学的目

① 闻一多《调整大学文学院中国文学外国语文学二系机构刍议》，《国文月刊》1948 年第 63 期，1—2 页。

的或使命……是批判的接收旧的文化，创造并发展新的进步的文化。要做到后一层，就不能不理会新文学。”[①]他还进一步说道：“要传授它，单将它加进旧文学的课程集团里是不够的，我们得将它和西洋文学比较着看，才能了解它，发展它。”[②]所以对朱先生而言，新文学是进入文学的重要途径，新文学不仅是批判与继承旧文学的载体，并且也是沟通中西文学的媒介。他甚至承认：“如果说新文学的人才可以养成的话，适宜于养成这类人才的应该是外国语文系，而不是中国语文系。”[③]遗憾的是，朱先生在发表这篇文章不久后也逝世了。这两位先生，一个是站在语言学的角度与学科的立场，一个是基于新文学的使命与比较的观点，虽然各自的出发点不同，侧重的方向亦有别，但是目标则是殊途同归。

闻一多与朱自清先生的理想至今之所以仍然难以实现，固然有各种主客观因素的制约，其中或许也涉及我们对“文学”这个对象本身的认识，以至于以语言作为研究对象的语言学早已独立成为一门学科，而以语言作为实践工具的文学，至今似乎仍然难以与其他的系所并列于学科之林。

---

① 朱自清《关于大学中文系的二个意见》，《国文月刊》1948年第63期，3页。

② 同上，4页。

③ 同上，4—5页。

法国当代著名的哲学与文学家萨特（Jean-Paul Sartre）曾写过一本书——《什么是文学？》[①]，不过并未能真正解答人们的疑惑。因为他在书中将文学当作是一个已经既存的事实，并未清楚地告诉人们这个事实是从何而来。如果想要知道我们现代所谓的“文学”究竟是什么，或许还必须深入地了解这个概念的产生过程，也就是说，“文学”是如何“诞生”的问题。因为只有重新回到事物本身，或许可以穿过历史的尘埃与习以为常的定见，恢复事物本来的面貌与存在的意义。

从纪念朱先生的诞辰到追问“文学”概念的诞生，不禁令人想到另一位法国当代的思想家福柯（Michel Foucault）。他与前面提到的萨特分属两个不同的时代，看待问题的方式基本上也南辕北辙。他并不像萨特那样去询问“什么是什么”，因为当我们去询问“什么是什么”时，其实心中往往已经预设了“是什么”的答案，或者因为受这个问题架构本身所限，所获得的结果经常难以呈现出事实的全貌。所以当福柯回溯历史时，比较偏爱去分析事物是如何“诞生”的。一般认为福柯的思想可以按方法或内容分为不同的演变阶段，譬如早期的方法是考古档案学，

① Jean-Paul Sartre, *Qu'est-ce que la littérature?* Gallimard, Paris, 1948. 在书中萨特主要讨论的内容是写作的目的、为何而写、为谁而写以及当时作家的境遇。

后期是系谱学，或者早期的研究对象是话语，后期是实践。但是从他所写的著作的名称即可看出，有一个主题从来挥之不去，一直萦绕在他的思绪中，从早期、中期到晚期，从未改变，那就是“诞生”的概念。譬如早年的《临床医学的诞生》(1963)，中间的《监视与惩罚：监狱的诞生》(1975)，晚年的《生命政治的诞生》(2004)。

本系列朱先生诞辰纪念讲座首次演讲者汪晖教授的题目也是与“诞生”有关，讨论的是“世纪的诞生”。他应该提到所谓“世纪”的概念并非自古有之，其实是与20世纪同时产生，在此之前的时间只能算是世纪概念的前史(prehistory)，是世纪概念开始之后从事后追溯的结果。同理，文学概念的诞生亦然，不仅中国现代新文学的诞生距今不过百年，就是在文学这个概念诞生的西方，也并非是从古希腊即开始存在，而是一个相当晚近的事件。严格地说，大约是发生于18世纪末的最后几年，与世纪概念的诞生相差正好约一个世纪。无论是世纪的概念或是文学的概念，整个的诞生过程，如马克思所说，其实皆是一个“从后思索”(Nachdenken)的结果。

所谓“诞生”，不等同于一般所称的“起源”。探讨事物的“诞生”与追究事物的“起源”是两种完全不同的提问方式。主要差别在于，“起源”关心的是事物的前后因果关系，以线性的方式排列秩序以及作为理解事物的规则；

而“诞生”注重的则是探讨事物的前提条件，并且依据与其他事物相互之间的关系，去重新认识事物之所以发生的过程。所谓“重新认识”一件事情，从认识论的角度而言，首先莫过于去重新认识事情的开端，因为唯有从问题的起始处了解问题是建立在何种历史可能性条件（historical conditions of possibility）之上，才或许可以开启我们对问题更进一步认识的契机。

二、人文社会学科的兴起与文学的诞生

福柯曾写过一本著作，叫作《词与物》，副标题是“人文学科的考古档案学”。虽然封面没有诞生一词，但内容却与这个问题息息相关。他不仅从认识论的层次全面地分析了人文社会学科兴起的过程是建立在何种历史可能性条件之上，并且表明西方现代知识体系的出现，与如今被我们称之为“文学”的诞生其实密不可分。

在《词与物》一书中，福柯从认识论的层次分析西方知识历史形成的过程，指出大约在16世纪晚期和18世纪晚期，西方对自然、社会以及人这三个领域的认识发生了根本性的转变。他将这段历史非常粗略地分为三个大的阶段，一是文艺复兴时期（约指16世纪），其次是古典时期（约17到18世纪），最后是现代时期（从19世纪开始）。这三

个时期分别受到不同的认识框架主导，福柯称为“认识素”（épistémè）[①]。

福柯认为，文艺复兴时期是一个感性活动比较发达的时代，文学与艺术勃兴主导的认识素是“相似性”（ressemblance），认识的重点在于如何建立外在事物之间的关联。古典时期的认识素则是“再现”（représentation），此时关切的是认识的来源与过程，问题的核心表现为观念如何表达与呈现外在世界。现代时期的认识素就是“人”，作为人文社会学科研究对象的人，被看作是一个经验—先验复合体（doublet empirico-transcendantal）。因为人既是认识的主体，同时又是认识的对象；既是认识的前提，同时又是认识的结果。

在文艺复兴时期，人们逐渐挣脱中世纪神学的束缚后，认为大自然就像是一本摊在面前含有传奇色彩的书，正在静静地等待充满好奇心的人们去认真地解读。至于认识的方式则在于按照“相似性”原理，使用人的想象力，去联结自身与外在事物，以及外在事物之间存在的关系，而理解外在世界的意义或是辨别事物形成的规则，就在于设法

① 一般将这个词翻译为“知识型”。然而福柯不是在知识论的层次，而是在认识论的层次使用这个概念，所以我暂译为“认识素”，也就是认识论构成的最小单位，如同在语言学中语音的最小单位 phonème，被译为“音素”。

寻求自然界中各种相似的关联性。在这一时期，由于语言的地位与大自然中存在的万物一样，被视为是来自于上苍的赐予，类似于一个具有生命的物体，因此在受相似性主导的认识框架中，记载事物的语言与外在的世界之间存在着一种深层次的互属关系，亦即词与物类似于同一种性质。自然知识与语言经验的这种交错性质，将科学、法术与博学放在了同一个知识层次，所以知识的内容包括了某些合乎理性的认识、魔幻式的奇想怪论以及汇集各类现象的博学。这时期的知识的形式类似于某种诠释学与评论。

对于当时的人文主义者而言，在这个充满相似性的世界中，人确实占据一个中心位置，是外在的大宇宙与内在的小宇宙的交会点。然而建立在自然（la nature）与人性（la nature humaine）交织状态之上的这种架构，并非来自于对人之处境的反思，而是借助语言的想象力量创造出来的结果。人除了将自身作为自然中的存在物之外，无法在认识论上拥有一个自主的位置，因而文艺复兴时期虽然被认为是人文主义当道，但当时的知识无法被视为是现代关于人的学科的前身。

大约从17世纪开始，西方步入了古典时期，其特征就是普遍的怀疑精神与科学的经验方法，认识的方式从感性逐渐让位给理性，如培根的《新工具》与笛卡尔的《论方法》就是其中最著名的代表。在古典时期，文艺复兴时期的相似性无法再作为认识事物的主要原理架构，受想象力主导的相似性虽然仍然存在，但只是处于一个被决定的位置，沦为事物间比较的一个元素。在古典的知识空间中，由于强调理性的能力或逻辑思维的能力，人们从追逐相似性开始走向分析差异性，并且依据各自的特征，将它们分门别类，按照不同的等级序列重新编排事物的同一性与差异性，最终建立起外在事物的秩序。古典时期所形成的这种新的秩序观，不再如文艺复兴时期那样类似于一种本体论的秩序，而应该更接近于一种认识论的秩序。

文艺复兴时期流行的相似性秩序，在认识论上之所以与古典时期产生断裂，是因为这两个时期对语言符号地位的看法彻底发生了改变。福柯认为，当时出版的西班牙作家塞万提斯的作品《堂吉诃德》，具体展现了从文艺复兴到古典时期认识方式的变化。这本小说分成上下两部，在第一部中，堂吉诃德沉迷于书中的传奇故事，将风车当成巨人，把旅店看作城堡，又将羊群视为敌军，将文字符号的世界作为真实的世界。在第二部中，堂吉诃德从游侠骑士的故事中醒悟，痛斥骑士小说的危害，表明语言与世界二者的相似性发生了改变，无法抵御来自经验性的批判，开始逐渐地脱钩。书中的这两个部分正好用来表明两种思想体制之间或者两种不同的秩序模式之间的历史落差。

在古典时期，受理性主义的影响，人们对外在的认识不再受制于宗教信仰或是超自然力量，而是追随自身内在的理念，并且认为冥冥世界中暗含一个合理的秩序，所谓知识，就是利用正确的观念将这个既有的秩序再现出来，或是用陈述（discours）的方式表达出来。在这个时期，语言符号不再与其指称的对象或外物具有同等性质，它的作用也不是去寻找大自然中事物之间的相似性，而是变成用观念的形式去再现外物，成为一个由内在观念所构成的符号体系。换言之，真正用来再现外在事物的东西，并非是语言符号，而是内在观念。这是因为当时人们相信，内在观念的产生是源自于对外在事物真实的感受，所以内在观念可以完整地再现另一个外在事物。同时，这种天赋的内在观念是先于语言而存在，语言只是内在天赋观念的代表，暗含在语言之中并决定语言运作的东西其实是内在观念。

由于语言表达的是既定的观念，语言符号的作用类似于图画，其内容在于忠实地再现观念，或者说，语言符号如同一面镜子，折射出所指称的外在对象，所以，将某个符号赋予某个观念，即是委身于观念或自身成为某个观念。换句话说，在古典时期，认识的行为包含了三个要素，即外在事物、语言符号、内在观念，这三者的地位相等，可以互相替换，它们之间的关系表现为：语言符号再现了内在观念，内在观念再现了外在事物。这个过程显示，语言符号与外在事物的关系含有双重性质，因为这种关系复制了内在观念与外在事物的关系，所以实际上是一种双重再现或是再现的再现，并且这种再现只有在本身作为再现去自我再现时，方能再现某个东西。

福柯认为，以分身方式与复制方式出现的这种具有反思形式的再现过程，构成了古典时期语言理论的核心，不仅再现了自身与外在世界的关系，并且扩张成为认识外在世界的基础，所有的再现最终形成了一个巨大的网络，包裹了整个时代对外在的认识，也因此造成任何现象只能于再现之中被理解。在文艺复兴时期，由于相似性认识素的制约，人们对外在世界的理解基本上处于一种无分别的混沌状态，世界是由一系列模拟串联而成的整体。可是到古典时期，在再现认识素的主导下，事物关系的差异性开始出现，认识的领域逐渐分化，在涉及人与自然、人与社会、人与人关系的地方，出现了以“自然史”“财富分析”“普遍语法”等为代表的知识形式。

譬如涉及人与人沟通的领域，由于这个时期注重语言的再现能力，著名的《普遍唯理语法》认为，完美语言的理想就是赋予事物一个名称，并且在这个名称中说出事物的存在。名词因此被看作是再现进入陈述的介入点，语言功能其他的部分（如语句、表达、指称、派生）皆围绕着名词以及命名功能打转。此外，由于笃信语言符号显示的是指称外在事物的观念，并且认为展现自然事物真实性的逻辑关系是在观念的层次运作，所以《普遍唯理语法》强调，研究语法的目的并不在于分析语言的形式，而是设法揭露隐藏在语言符号之下主导观念运作的逻辑。换言之，语法是建立在逻辑之上，而逻辑就是考察语言的用法，语法与逻辑二者互相交集，互相对应。所谓完美的语言，必须能够对再现进行分析与排序，并以陈述的形式将这些再现的内容普遍化。

至于在人与自然的领域，福柯首先认为，自然史并非是生命科学史家所认为的那样，即生物学的一种前科学状态，陷入在各种理论的争论中间，如恒定论／进化论、机械论／目的论等。事实上，从考古档案学来看，这些并非是古典时期真正的主题，而是现代论争对古典时期的投射，因为现代的论争是以生命（la vie）作为学科的假设对象。福柯认为，自然史是一种特殊的写作历史的方式，不同于文艺复兴时期的传奇故事，也不属于现代生物学所认为的生物拥有自身的历史性（historicité），而是在这二者之间。

福柯从认识论的层次分析了自然物排序的操作方式，指出自然史作为学科的组成过程来自于两个方面：一方面，用陈述的方式表达出或再现出事物可见的结构；另一方面，按照分类学的特征对自然物进行归类。第二种操作方式虽然表面上是两种图列方式的竞争（体系／方法），但是从考古档案学来看，就自然物归类这个核心功能而言，体系／方法的争执没有什么意义：所谓分类（classer），就是从各种差异性构成的网络中建立一个同一性的体系，图表就是由可见性与可说性二者交会所形成的一种认识工具。命名的程序就是一个从描写可见的结构直到完成分类学特征的过程，而这个过程基本上预设了自然界中存在着一种连续性。

所以福柯强调，自然史有别于某种自然的历史，呈现出来的内容更类似于一种“天然的或自然的陈述”（discours de la nature），这种陈述方式表现出某种连续的性质，而自然界的这种连续性其实不过是语言陈述再现出来的结果，因此将某种生命哲学以及进化思想投射到这种问题框架中是一种滥用。从考古档案学的观点来看，分类学的归类过程在根本上从属于一种语言理论。古典语言理论与古典自然理论之间所建立的同构性表明，自然史完成了普遍语法关于完美语言的理想。就这个意义而言，自然史最接近古典知识的历史先天性。

最后，在讨论人与社会的关系时，福柯是以财富领域的组成过程作为分析的对象。他同样从认识论的角度，反对传统经济思想以回溯性的读法所建立的历史。他以16世纪的经济思想到古典重商主义的改变作为问题起点，强调某种独特的财富分析领域的组成方式，这个领域不同于专注于价格与货币本质关系的文艺复兴时期，也不属于专注于生产关系的现代政治经济学，而是在这二者之间。

介于这二者之间的古典时期的财富分析，主要是从一种价值与交换理论出发，将财产看作是某种功利性东西（utilité）的等价物或再现物。因此，货币可以再现几个等价物（一个物品、一种劳动、麦的量器、一份收入），就好像一个名词拥有再现几个事物的能力，或者好像分类学中的一个特征可以再现出不同的个体（individus）、种（espèces）或属（genres）。

福柯另外从论争的角度讨论重农主义者与重商主义者在学理上的对立，认为这二者对问题的看法尽管不同，但是从根本上而言是互补的。因为重农主义者与功利主义者的分歧只是细枝末节的技术问题，从再现与价值这些概念的使用可见，他们皆是将交换体系与价值理论联系在一起，他们并不知道彼此分享了一种对财富与交换的分析方式。从这个观点来看，重农主义与重商主义在意识形态的对立，就好像自然史中系统论者与方法论者在认识论上的对立，没有什么根本的差别。

福柯表明，财富分析、自然史、普遍语法，虽然分属三种不同性质的认识领域，却建立在类似的问题架构之上。这些形式各异的再现模式不仅紧密地相互对应，而且是按照语言—陈述（langage-discours）的优先性方式安排秩序。这问题可以用图表作为最完整的代表，因为这是一个透明的、同质的场域，符号或再现的内容以及与其他符号或再现的关系，能够以一种客观的、反思的方式被展示与叙述出来。他最终用一个总图表的形式，统合了古典时期这三种经验秩序结构，并且表明，我们的现代知识即是建立在这种独特的再现认识素的裂解之上。

在古典时期的结尾，法国的启蒙思想家特拉西（Destutt de Tracy）以观念作为研究对象，企图开创一个全新的学科，他将这门学问称之为“观念学”（idéologie），不仅希望以此厘清事实与观念之间的关系，更宣称可以以此作为其他一切学科的基础。由于这个学说的基本架构仍然是依赖于旧式的古典时期语言理论，从而当再现作为一个不证自明的概念受到挑战时，其所代表的知识形式也就必然丧失了支撑整个认识体系的能力。作为当代人文社会学科前身的观念学，虽然走下了历史的舞台，但是这个词却遗留下来，变为如今人们口中所谓的“意识形态”，某种脱离现实的思想体系或虚妄意识，不仅出现在日常语言之中，更潜藏或飘荡在我们的人文社会学科之中，如幽灵般挥之不去。[①]

① 详细讨论请见于治中《意识形态的幽灵》，行人出版社，2013 年。

在古典时期，再现的认识素穿越整个知识领域的空间，可是这个无所不包的再现过程本身却无法再现出何者是使其得以成立的基础，也就是说，承担整个再现过程并使其成为可能的“人”，在其中却不具任何作用。福柯在书中以西班牙画家委拉斯凯兹（Diego Rodríguez de Silva y Velázquez）著名的油画《仕女图》（Las Meninas）为例，阐明在这个时期，作为再现主体的人仅仅被视为是意象或是反射，不存在于这个再现过程之中，从而也不具有认识论上的意义，人仅是浮面的空间性存在，对自身而言是透明的，只是作为一个经验的实体并列于生物之中。由于人们借助于图表、分类等概念作为理解与构筑外在世界的方法，所以当时知识呈现的形态为自然史、财富分析与普遍语法。

福柯强调，人文主义与理性主义确实曾在世界的秩序中赋予人一个特殊的地位，但是皆未能真正思考人。文艺复兴时期的人文主义，基本上并非是源自于对人处境的反思，而是借助于语言的想象力量，遵从相似性认识素的要求，建立了小宇宙 / 大宇宙的框架。同样的，在被我们看作是当代人文社会学科遥远起源的古典时期，人的学科事实上是被古典知识的一般认识论框架排除在外，因为对知识产生追问并不会因此导致“人”成为有关起源、本体与知识等领域的必然问题。①

然而在18世纪末期，与鼓吹观念学的学者处于不同国度的康德，却以另一种方式处理再现的问题。他并非是从再现的内部出发，而是更进一步追问普遍性的再现形式之所以成为可能的前提。从认识的层次而言，观念学与康德的哲学虽然同样地是以再现的关系作为问题的起点，可是在方法上如何去面对这些关系，二者则大相径庭，主要的差别在于观念学的核心在讨论再现的“内容”，而批判哲学则是将问题转移到产生再现的“条件”。也就是说，将提问的方式从“我知道什么”，变成了“我如何能知”。这个新的视角将认识的焦点从对象转向自我，打破了再现与自身内在之间的循环关系，触及了古典时期再现之所以成立的基础及其限制，使原本不存在于再现过程之中的人现身于世。

然而康德的先验哲学将人摆放在一个至高无上的位阶，结果却是使其处于一个极为暧昧与自相矛盾的境地，因为

---

① 福柯表示：“人作为厚重的与首要的实体，作为所有可能性知识的困难对象与独立至高的主体，并无任何位置。从经济学、语文学（philologie）以及生物学的规则而来的某些现代主题……所有这些对我们现在而言熟悉并且与人文学科的存在相关联的主题，皆被古典思想排除在外。” Michel Foucault, *Les mots et les choses: une archéologie des sciences humaines*, Gallimard, Paris, 1966.

康德由分析知识的二重性而衍生出自我主体的二重性，将自我区分为纯粹自我与经验自我。康德所谓的“人类学”与古典时期的人性论的差别，并不在于后者忽略了所谓的人，而是因为这种“人类学”揭露了人既是认识的主体又是认识的对象。正是这种同时混合了所思与未思、经验与先验、实证与本体等不同存在模式的人，组建了我们现代思想的核心，形成我们所谓的“人文学科”之所以能够产生的可能性条件。所以福柯强调：“我们现代性的开端并不位于人们想要将客观的方法运用于人的研究的那个时刻，而其实是在大家称之为人的经验—先验复合体组成之日。”①

康德的批判哲学将人推向世界舞台的中央。作为人的学问，人文学科中的人扮演了两个角色，既是所有实证性的基础，同时又存在于各种经验事物的元素之中。作为一种经验性存在的人，如海德格尔所言，不仅是“在世界中的存在”，也是“朝向死亡的存在”，也就是说，这是一个生活在时间中的人，是一个有生命的人，劳动中的人，说着话的人，从而在根本上是受制于历史性的限制，正是这种历史性产生了人的有限性，但是人同时又是某种关于生

① Michel Foucault, *Les mots et les choses: une archéologie des sciences humaines*, Gallimard, Paris, 1966.

命、劳动、语言等知识的可能性条件。福柯认为，现代性认识架构整体的主要特征就是从古典大写的秩序（Ordre）变成了大写的历史（Histoire），也就是说，经验性事物的组织方式不再是按照空间的元素（静态图表），而是按照时间的元素（动态的序列）。以往在再现排列的图表中，时间的作用只是标明事物的发生与变故，而如今时间则是展现事物自身内在规则与历史性（historicité）的场域。

在人以自身作为研究对象并将自身对象化的过程中，由于时间性与历史性的介入，使事物的存在有了自身的纵深与内在，从各方面超出古典时期的再现架构，一种实证性的知识取代了以往的认识模式，而知识的实证形式使人具有了厚度与实体，最后成为一个物理性的存在以及一个有限性的存在。这种无法超越并且具有否定性质的有限性，迫使人类无可逃避地去面对自身存在的意义，重新反思人与自然、人与社会以及人与人的关系。正是这个问题架构的出现，使得生命的存在、生产的规律以及语言的形式等客观的经验知识成为可能。

首先，在经济学的领域，斯密的经济思想基本上与重农主义学者差不多，皆重视生产性的劳动，认为劳动是所有需求与交换最终的基础，是交换价值的尺度。斯密的创新之处在于将交换的问题导入到劳动时间的这根垂直轴线。

其次，有关自然的知识同样也碰到类似的脱钩状况。

在生物有机体概念出现后，自然史所绘制的巨大图表开始断裂，开启了不可见的维度，亦即自然物的组织层面与其分化出的各种功能，如生殖、进食、循环、呼吸、消化等，一旦自然物可以摆脱语言或陈述的描绘方式，而用其内在发展的规则或其内在组织加以说明，古典分类的原则即受到质疑。因此，拉马克作品的重要性并不在于他的变迁论与居维叶的恒定论二者之间的差别，而是在有机体的议题上造成了古典分类空间的断裂。

最后，在语言的领域也出现类似的改变。因为在古典时期知识领域中，语言是构成外在事物的基础，所以它的改变显得较慢，较不易为人察觉。在当时，由于世界语言标本的搜集与梵语材料的使用，促使历史比较方法的萌芽以及语言词尾变化体系的发现，由此开启了各语言语法组成的内在维度，也就是说，各语言历史的与形式的维度。从此语法的组成不再从属于逻辑的领域，而是建立在影响词尾变化的再现元素之上，如声音、音节、字根。

因此，此时西方的知识体系，在对自然的认识层面上，从以前的“自然史”蜕变为现代的“生物学”；在对社会的认识层面上，从过去的“财富分析”转成了“古典政治经济学”；在对人的认识层面上，从先前的“普遍语法”替换成了“语文学”。换句话说，在这个时期西方人对“生命”“劳动”“语言”这三个分别涵盖人与自然、人与社会、人与人之间关系的概念，在认识论的层面上与之前的知识体系发生了根本性的转折，正是这个断裂过程逐渐产生并分化出我们当代所谓的各种人文社会学科。

福柯以认识论的一般性框架作为起点，指出现代知识的认识论架构受到一种三面体（trièdre）形式的制约：一是生命、语言、劳动等经验性学科；二是哲学上的有限性思想；三是演绎性的学科，如数学与物理学等。人文学科也从属于这个一般性的认识论体制。在经验性的学科中，人发现自己是有限的，而哲学上的有限性思想则是构成一切的基石。可是人文学科并不位于那些它无法内化的经验学科之中，也不属于有限性思想从存在本体内部所取得的成果。事实上，人文学科与生物学、经济学、语言学等经验学科处于某种"邻近"的状态，存在于经验学科的旁边，更准确地说，位于经验性学科与有限性思想这二者所投射的空间之中。基于这个原因，福柯认为，人文学科并非是真正的学科（sciences），而是位于类认识论（ana-épistémologique）或是次认识论（hypo-épistémologique）的层次。

此外，人文学科虽然是以人作为研究对象，但人文学科分析的并不是人的天性，也不是如生物学、经济学及语言学那样，从功能性的角度去处理人的生命、劳动与语言等领域的运作规则。对人文学科而言，人并非是一种拥有特殊生理形式的生物，而是能够从生命的内在去制造出各种再现。人是借由这些再现而活着，并且借由这些再现，人保有再现自身生命的能力。所以人文学科真正的对象是上述那些经验性学科所投射出来或再现出来的知识空间，并且站在这个基础上，以另一种方式去再现或建构自身。所以福柯认为，从人文学科是在再现的层次中重新掌握经验学科这个事实而言，人文学科属于一种复制，而这种复制的位置具有后天的价值与批判反思的特质。基于这些事实，从而也可以把人文学科的位置定位在与生命、劳动及语言有关的这些学科的附近或边缘。这足以说明人文学科的特殊形貌，并且与生物学、经济学及语言科学相比，人文学科并不缺少精确性与严密性。

人的学科领域包括三个门类，或者说三个认识论区域，亦即心理学、社会学、文学与神话分析，内部可以再区分以及相互交集，这三个区域是由人文学科与生物学、经济学、语文学的三重关系来定义。从而我们会认为心理学的区域应该位于生物向再现的可能性敞开的地方。同理，社会学的区域应该位于劳动、生产与消费的个体使社会再现出来的地方。最后，文学与神话的研究、对所有口语及文字记录的分析等，简言之，对一个个体或文化遗留的痕迹的分析，则是位于语言规则与形式的边缘之处，在这里，人可以进行再现的活动。

福柯从这三种模式去重新追溯19世纪以来整个人文学科的历史，指出这三个模式事实上主导了人文学科的整个变化。首先是受生物学模式的影响，如在浪漫主义时期，人、精神、语言、社会等存在模式都被看作是有机性的，并且是从功能的角度去进行分析。其次是经济学模式的主导，如人及其所有活动都是冲突的场域。最后，开始了语文学（如涉及诠释与挖掘隐藏的意义）及语言学（如涉及能指体系的结构化）的统治。然而人文学科由生物学模式走向语文学及语言学模式的过程，每一对概念内在位置的重要性发生了转变，原本占据优先位置的概念如功能、冲突、意义，逐渐变成是次要的，让位给规范、规则、体系的概念。这种位阶改变的结果，将一种新的无意识维度放置在首位，使人文学科中再现的优先性受到质疑。正是在这种后设与反思的视野中，福柯提出现今出现的某些他所谓的“反学科”（contre-sciences），如人种学、精神分析、语言学以及一种非学科的书写方式，他称之为“反论述”（contre-discours），就是现代的文学实践，因为这些学科及经验分别在不同的层面上触及了人文学科的未思之处（l’impensé）。

人文学科是以有再现能力的人作为基础，站在意识的位置诠释无意识，并将后者简单地视为是前者的一个部分，精神分析则不再受再现的内容所限制，以超出实证性知识所能掌握的无意识作为研究的起点，从内部质疑了人文学科所赖以成立的基础。不同于精神分析从知识结构上重新定义无意识与意识二者的关系，当代人种学采取另一个角度，从世界人类的历史出发，将人导向了作为同类的他者，不仅以此反思文化上的未思之处，同时也省察不同的时间形式。相较于其他人文学科，当代人种学面对一个文化时，将重点放在阐明其社会组织与象征体系的结构模式，使历史性的差异与特征成为文化中的未思之处展现出来，同时防止将其引导至一个普世性与无时间性的人身上。不同文化之间各自历史性的多样性表明，每一个文化整体皆是处于一个历史的变化之中，并且受其限制。现代人文学科本身即是一个历史的过程，这段历史同样也与某些文化形式息息相关。

无意识的主题与历史性的维度二者共同指向人文学科的未思之处，阐释了精神分析与人种学深层的亲缘关系，以及二者与心理学和社会学的区别，同时也指明人文学科的范围与限制。精神分析与人种学在知识领域上分别处于实证性再现体系的两个极端，如果说人种学是人文学科外在的他者，精神分析则可被视为是其内在的他者，反之亦然，精神分析主要以个人的无意识为前提，而人种学所谓的象征体系基本上就是某种社会的无意识。对福柯而言，双方在结构上的对称性其实并非偶然，而是源自于一个共同的方法论，即二者问题架构的建立皆依赖某种语言理论。语言学最终成为反思人文学科未思之处的理论，主要原因在于作为其研究对象的语言，既是建构象征次序的基本根据，同时又是产生无意识的物质性基础。从而语言学不应被化约为只是一种内在于再现体系的学科，只是单纯地利用外来的形式主义方法探讨与其他人文学科相似的内容。相反的，语言学应该作为“某种首要的辨识原则”①，与精神分析及人种学三者共同引导人文学科重新回到其自身认识论的可能性条件。

福柯认为，语言的重新回归主导了人文学科领域，语言的作用不仅表现在结构语言学领域，也存在于现代文学实践的某些作品中。文学这种新的语言模式展示的是，人在语言中无法显现自身的同一性，无法成为一种正面的、完整的存在，而是将自身交给书写所散发出的力量，与自身拉开距离，并在这个差距中，肯定人自身经验的有限性。从而人的消亡与语言的回归二者是一种对应的关系，这个交替的过程构成了现代知识的空间。当初人的诞生是在古典陈述（discours）消失之时，如今在人文学科的边缘之处，语言的强力回归无疑宣布，某种新的东西正在出现，

① Michel Foucault, *Les mots et les choses: une archéologie des sciences humaines*, Gallimard, Paris, 1966.

其中包括人的面貌将会被抹去，有如浪潮抹去沙滩上的图像。

福柯称文学是一种反论述，并且列在精神分析、人种学及语言学当代三种反学科的边缘，使文学位于现代思想体系的最外端，具有一种边缘的边缘位置。他将文学的实践视为是一种外在的思维，以此建立一种与现在知识体系不同的关系，以及创造另类秩序可能性的契机。从福柯考察西方知识形成的过程可见，文学成为考古档案学最深层的核心与最外源的边界。他分析不同阶段与形式的真理历史时，基本上是建立在这些时期对语言的认识之上。福柯认为，文艺复兴、古典时期与现代时期的认识素形式，分析到最后皆与某种语言存在的模式相关，正是这种语言本体论的视野，赋予某种特殊的语言形态一个极其重要的位置，就是文学的语言，这种语言具有独特的功能，鲜活有力地展示或体现了语言存在的本身。

事实上，现代结构语言学与当代文学经验对语言所表现的关切，并不始于人文学科受到语言学模式的宰制之后，而是在康德的批判哲学开启现代人文学科之时已经发生。福柯在《词与物》中约略提到，当古典时期的再现认识素瓦解时，历史比较语言学从实证的角度，将语言视为是具体的经验研究对象，可是相反地，与此同时还出现了另一股思潮，却将语言当作是一种纯粹的书写行为，而正是这个问题架构使得我们现代所谓的“文学”概念在历史上真正地出现。[①]

三、文学：一个矛盾的复合体

文学（littérature）这个词成为一个概念，并逐渐地固定了下来，大概是在18世纪末19世纪初。这个过程最初是发生在德国、法国，之后不久这个现象也出现在英国。在这个过程中，文学这个概念慢慢摆脱它旧有的内容，与所谓的美文（Belles-Lettres）或修辞的概念分开。

作为一个历史现象，文学的概念不仅是涉及创作内容的问题，事实上也牵扯到社会对于这种行为方式的认知。从18世纪末开始，文学这个概念虽然仍然与书写行为相关，但逐渐脱离了纯粹的美文范畴，并开始强调这个行为的客观特征：文学指的不单是某种质量或条件，也是某种行为的结果或某个研究的对象。这个观点开始被使用在某类书写活动、作品、出版、贩卖等市场行为中。换言之，

---

① Michel Foucault, *Les mots et les choses: une archéologie des sciences humaines*, Gallimard, Paris, 1966. 然而在《日本现代文学的起源》中，柄谷行人谈到西方文学概念的起源时，认为福柯将西方文学概念出现的时间定在19世纪中期或后期。见柄谷行人《日本现代文学的起源》，赵京华译，中央编译出版社，2013年。

在当时个人的创作只有在成为文字、成为作品并且经过出版变成出版物，进入流通交换的过程并被读者接受之后，我们如今所谓的文学才真正地诞生。

事实上，直到18世纪末，当涉及书写作品的美学面向大众时，一般都是用诗这个词，而较少使用文学。此时所谓的诗，并非是一般意义的诗，而是一个崭新的书写类型，不过当时他们仍不知如何称呼这个新生事物，故有时将其叫作诗，有时也说成是作品，有时又取名为罗曼史，也就是我们所谓的小说（roman），有时甚至称之为浪漫主义的东西（Die Romantik），最后才以如今所谓的文学作为命名。这个词虽然涵盖了诗的所有美学内容，但是从文学研究而非诗的创造角度而言，书写活动不单是一种具有文字魔力的表现，同时也是一种具有学问的使用方式。在文学的行为中，美学的价值与知识的价值紧密地纠缠在一起，并且相互影响，不过诗明显地偏重于美学的一面，想要成为一种艺术。但是文学也受制于其知识的一面，因为在这个时期，比较世俗的写作类型蓬勃发展，除了小说外，还有从新闻体与戏剧演变而来的各类的散文形式，因此需要一个统称去指认这些现象，所以文学这个概念涵盖了当时各类的书写形式，包括了诗、小说、散文、戏剧、杂文、评论等。

所以从文学这个新生事物的内容而言，它从一开始就涵盖了两个难以调和的面向，一个是认识论的面向，另一个是美学的面向，共同组成一个矛盾的复合体。因为文学一方面被认为是智力创造的产品，另一方面又包含书写的艺术，也就是说，文学的问题架构不仅是建立在精神的价值上，也是建立在艺术的价值上。因为对这个内在结构性矛盾的忽略，在文学研究中经常造成争议或困扰，由此也产生所谓的内容与形式之争。[①]

当文学被看作是人类各种活动模式中的一种，被纳入到社会的行为之中，文学事实上成了社会讨论的对象，因此形成了所谓的文学批评。但是从整个历史过程来看，文学概念的出现其实是与文学批评同时诞生，因为文学本身不是从天而降，更不是某个天才的创造物，而是在众多批评与争论之下，凝聚共识与事后指认的结果。所以不仅批评是文学的组成部分，也可以说，是文学批评孕育了我们所谓的文学，同时也创造了自身，二者是一个事物的两面，双方互为前提条件。只不过当文学这个语词被固定下来，成为一个不证自明的概念后，自己仿佛道成肉身，变成一个永恒的存在，不但拥有了独立的生命与历史，同时也掩盖了原来的诞生过程，批评最终更被颠倒成了一种附属品

---

① 详细讨论请见 R. Escarpit, La définition du terme Littérature. *Le littéraire et le social: éléments pour une sociologie de la littérature,* Flammarion, Paris, 1970。

与次要物。

正是从这个意义而言，德国早期浪漫主义（Frühromantik）被定义为西方文学概念的真正起点。[①]这是一个在18世纪末德国的耶拿（Jena），以施莱格尔兄弟（A.& F. Schlegel）与诺瓦利斯（Novalis）为核心，围绕在《阿西娜》（Athenaeum）期刊所形成的团体。这个时期的人，除了在政治上受到法国大革命产生的民族主义影响，在经济上面临英国工业革命带来的生产形式的改变，在社会上承受传统价值的瓦解与人际关系的破坏，在思想上更是遭遇到康德批判哲学崛起后启蒙运动所导致的现代性危机。[②]因为康德虽然将认识的前提建立在人的先天综合能力之上，开启了我们现代的知识体系，但是他的批判哲学无法真正跨越知识与道德、理论与实践的鸿沟，纵使在《判断力批判》中，试图将理性统一的基础放在情感的领域，然而仍

---

① 浪漫主义一词所指相当广泛，此处所谓的“德国早期浪漫主义”与今日一般人们理解的浪漫主义不同，不仅与之后出现于法国的浪漫主义或英国的浪漫主义无关，也不同于在“德国早期浪漫主义”之后，出现于德国海德堡或柏林的浪漫主义。有关详情请见Jean-Marie Schaeffer, *La naissance de la littérature: La theorie esthétique du Romantisme Allemand*, Presse de l’Ecole Normale Supérieure, Paris, 1983。

② 有关当时整个社会的情况，请见Henri Brunschwig, *Société et romantisme en Prusse au XVIII siècle*, Flammarion, Paris, 1973。

无法化解其中的矛盾，他所谓的“实用人类学”，最终只能是书中美好的愿望。

换句话说，康德的批判哲学在开启现代性的同时，也造成依赖这种主体性之后所引起的理论与实践后果，浪漫主义可以说是这个危机最完美的体现，因为浪漫主义并非被动地位于各种问题的十字路口，而是在思想与行动中承担甚至激化这些对立，以此促使人们直面问题的核心。浪漫主义是一种危机时代的哲学与诗学，生存于危机之中，并企图使自身成为这场危机的拯救者，我们现代的文学概念即由此诞生。

在18世纪与19世纪之交，德国思想界的一个核心理念就是生命的重建，也就是以所有可能的方式去重新建立生命纯粹的完整感。因为生命在当时已经被看作是一个有机的整体。这个问题架构首先与现代生物学的诞生相关；其次，受到当时流行的活力论影响，如生命力（Lebenskraft）概念的广泛使用；最后，就是卢梭的自然观念，促使人从重压头上的原罪概念中解放出来。

生命之所以需要重建，正是由于现代性的过程使生命变成片段的、分隔的、撕裂的、处于异于自身的状态。在这个世界中，只有人造的虚假，除了臣服于它，不存在其他的可能性。而这个现代世界就是由哥白尼革命之后的科学思想，以及培根与笛卡尔学说塑造的结果。这些论述基本上突出对自然的掌握与控制，使其成为一种断裂性的与几何式的抽象物。早期浪漫主义将康德的作品与思想视为是现代性思想的代表，并未继续依照康德的途径从《判断力批判》中寻求解决这个内在矛盾的方法。

生命的重建必须有赖于对现代性深刻的认识，真正理解现代性现实的与本体论的意义与作用。德国早期浪漫主义者指出，现代性终极的面貌就是启蒙，然而他们并不认同当时某些非理性主义者，单纯地否定了启蒙，而是承认并接受启蒙所带来的异常世界。因为现代性虽然制造了差异与分裂，但是同时也产生了解决这些问题的方法，这个过程解放了人，并提供人能够实现自身行动意义的场域，想要超越理性主义式主体所产生的结果，则必须以这种主体性本身作为起始点，从主体性的内核之中找到超越它的原则。

那么具有反思能力的主体性，想要完成自我超越，走向完整意义世界的方式是什么？浪漫主义者的回答非常简单与直接：就是借由语言场域的中介。这些人认为，语言是表达立场的行为，而当今世界已经受到现代性的科学—哲学论述的主导，这种语言是反话语（anti-parole）或是非诗（non-poesie），如要超越这样的一个状态，就应该面对现代性，承担它的语言，同时又颠覆这种语言，使其变成这个堕落世界的拯救者。

早期浪漫主义认为，哲学理性论述的语言本质以非常严格的方式区分不同的单位，制造各种撕裂与分隔，无法显示也无法使绝对圆满到来。但是另外还有一种新的语言形式颠倒了哲学理性的论述，那就是诗。施莱格尔认为，哲学语言的核心是概念，特色是再现，而诗语言的内涵是意象（Bildlichkeit），特点则是表现。此外，浪漫主义所谓的诗，还含有生产制造（Pöiesie）的特性，重视产生的过程。本身不仅是产物（内容），还体现了生产过程（形式），也就是说，生产的本身与生产的结果二者密切相关，双方互为条件。

诗（或文学）之所以能够扮演拯救的角色，是因为诗不同于分析性的论述，诗是有机的绝对存在，能够立即呈现在自身的对象之中。所以，美学的形式本身并不是目的，而是进入语言本体的方式。对早期浪漫主义而言，语言不是一种透明的存在，具有自身的整体性与自主性，而诗就是由语言构成的一个有机体，独立于既定意义的世界之外。与其认为是语言在述说自然，不如说语言应该在某种程度上变成自然，甚至语言就是一个意义浓缩的世界，自然反过来变成了语言，而世界是一首无穷尽的诗。所以当时的一句著名口号就是“必须诗化世界”。

由于早期浪漫主义的诗学特性类似于某种本体性质的存在，从而诗的表现形式在某种程度上与本体论的结构等同，也就是说，形式不仅表达了一种外在的现象，同时也表达了一种内在的结构。那么在形式与内容上能够同时达到这个目标的方式有两种，一个是片段（fragment），另一个是小说。这两种形式之所以能够表达诗学的、本体的与历史的真理，是因为片段是以自身作为目的存在，类似于有机的生命，凝聚了自身形式的所有特质，并且能够以最纯粹的方式将其表现出来。而小说是一种救赎性的作品形式，不受先前所有类别的束缚，能够将所有不同的元素统合至一个整体性的形式之中。不仅创作行为是一种有机的结合，并且能够将意义赋予有机生命的人。

片段与小说两种形式之间不存在对立，而是互相补充，片段是小说的前提，而小说是片段的完成，从片段到小说存在着一种辩证的连续性。早期浪漫主义试图以这种有机的方式创造出当代所欠缺的伟大古典作品，补充的同时又超越古代，并且最终扬弃（aufheben）古代与现代之间的对立。所有前浪漫主义时期艺术的意义，在于为浪漫主义提供了可能性的条件去完成自身。也就是说，只有浪漫主义能够赋予先前作品的美学及本体论意义，以及在书写自身历史的过程中完善过去各世纪的艺术价值。

正是由于对创作的关切，推动了德国早期浪漫主义对批评本身的认识，这一点对理解德国早期浪漫主义具有关键性的意义，因为正是在批评中，积蓄着浪漫主义哲学全部的张力及其自身的价值。[①]所谓批评，类似一种哲学性的反思，但又不是对哲学的一种模拟。在这个行为中，创作者退至作品之后，能够在仍然遵从作品自身逻辑的状况下，对作品做出评断。批评的内核其实就是一种反讽的态度，反讽是一种内在于作品之中的反思意识，使作品意识到自身的未完成性，这种未完成性并非来自一种先于或外在于作品创作的要求，而是只存在于作品内在的运动之中，正是作品意识到这种未完成性，促使了作品不断地重新努力追求自身的绝对性。施莱格尔称反讽是盘旋在作品整体之上的时刻，并将批评抬高到创作行为自动反思的高度。反讽是浪漫主义的一个核心主题，甚至于说，对这个概念完整的掌握是理解浪漫主义诞生的必要条件。

由此观之，浪漫主义的诗学在实现自身的过程中，反思自身并且对自身理论化。在这个过程中，主导现代性哲学论述中的理性并未消失，哲学也并没有简单地被诗排除在外，而是出现在诗的创造之中，甚至是推动创作的动

① 有关德国早期浪漫主义的批评概念，请见Walter Benjamin, *Le concept de critique esthétique dans le Romantisme Allemand*, traduit par Philippe Lacoue-Labarthe & Anne-Marie Lang, Flammarion, Paris, 1986；以及Samuel Weber, Walter Benjamin's Romantic Concept of Criticism, in *Romantic Revolutions*. ed. by K.R. Johnston, G. Chaitin, K. Hanson & H. Marks, Indiana U.P., 1990。

力。如果哲学被超越或克服，这也意味着哲学理性被统合至普遍性的诗本身之中。由于作品包含了它自身的理论过程，文学之所以成为文学，只有在自身理论化的过程中方能成立。拉库–拉巴特（Phillipe Lacoue-Labarthe）与南希（Jean-Luc Nancy）指出，“浪漫主义既非文学，甚至亦不是简单的某种（新的或旧的）文学理论，而是理论本身被当作文学”①，或者说，文学在自我生产的过程中，生产出它自身的理论，而作品也只有透过对自身的批评方能出现。由于浪漫主义强调只有在述说的过程中方能说出事物的本身，这种本体论与诗学的混同是专属于浪漫主义的理性形式，因此，文学并不意味着哲学的破产，而是以扬弃的方式将哲学放到文学的创造领域，这种独特的以综合取代分析的本体论形式，真正响应了时代的需求，阐明了自身历史性的真理。

从上述分析可见，康德的批判哲学将人对外在认识的方式从宇宙论或本体论转向知识论，这种哥白尼式的革命为现代人文社会学科的形成奠定了基础，也为文学的诞生提供了条件。此外，康德哲学的出现与现代西方民族国家的诞生大约在同一时期，二者在历史上的同时出现事实上并非偶然，

① 请见Phillipe Lacoue-Labarthe & Jean-Luc Nancy, *L'absolu littéraire: Théorie de la littérature du Romantisme Allemand*, Seuil, Paris, 1978。

而是折射出同一个现象的两个不同面向。因为自法国大革命以降，社会正当性的基础发生了改变，民族国家作为最高主权的象征取代了以往的宗教，成为终极价值的来源。政体的性质开始从神权、王权转为民权，人民的身份也从教徒、臣子最终变成公民。社会开始从超验走向世俗，个人也从他律变成自律。如果说法国大革命在政治上开启了一个世俗与自律的社会，康德的哲学体系则在思想上打破超验与他律的限制，为这个新出现的政体提供了知识上的保障，不仅以不证自明的“理性”作为内在原则，以东方的“帝国”作为外在他者，替西方民族国家的建立提供正当性的基础与合法化的依据，并且也替我们现代大学机构的革新在理论上确立了方向①，以及催生出了所谓的“汉学”②。

现代所谓的文学，事实上包括了四种形式，亦即：文学创作、文学批评、文学研究与文学学科。内容上涉及了实践、反思、学术与制度。德国早期浪漫主义的文学概念表明，文学创作与文学批评二者互为前提条件，实践与反思实为一体两面。文学研究与文学学科亦然，作为人文学科一员

---

① 有关康德以降德国唯心主义哲学对现代大学形成的贡献，请见陈洪捷《德国古典大学观及其对中国大学的影响》，北京大学出版社，2002年。

② 关于西方人文社会学科的兴起与汉学的诞生，请见于治中《重新认识中国　重新认识西方：一个认识论的考察》，《亚洲现代思想01：重新讲述蒙元史》，生活·读书·新知三联书店，2016年。

的文学研究，在19世纪实证主义思潮的影响下，进入了西方当时新式的分科大学，学术与制度结合成为一门学科。如众所知，不仅我们今日的大学体制来自于国外，我们学科划分的方式基本上也是深受西方的影响，并且这些学科所构成的知识体系形成了我们对外在世界认识的基础。

从历史上看，1862年的“同文馆”开启了中国的新式教育，其最初的目的即是为了学习外国语言及文学。但是文学正式被视为一门独立的学科，应始于京师大学堂于1909年设立分科大学之后，当时设立的两科就是经学科与文学科。然而1898年梁启超为京师大学堂拟定第一个章程时，这位“笔锋常带感情”的学者，在传统经世致用思想的影响下，并未将文学列入专门学类。反而是被认为保守的张之洞，认为无论从语言、文字以至其表达模式来看，文学与文化传统关系密切，所以怀着存古的思想，在1903年主持的《奏定大学堂章程》中将文学立科，企图在现代学制中保留传统的薪火。

因此，中国的文学成为一个独立的学科，其原因并非来自于文学观念本身，而是在引入了西方学术制度与分科模式之后的结果。这种学科模式与课程设计虽然在形式上参考西方学制，但是在教学内容与知识体系上却并未脱离传统文化的框架。在新文化运动之后，在西方思想与文化政治的冲击之下，文学最终才得以逐渐摆脱经史与诸子理学的领域，拥有了在知识谱系中的位置。

然而不仅学科的体制与文学的学科源自西方，以语言革命为起点的中国新文学，甚至利用西方的语法架构将文言文改造为白话文，并且对所谓文学的认识也是直接移植西方。在新文学肇始之际，罗家伦发表过一篇文章，标题也是“什么是文学？”[①]。如萨特的提问一样，罗家伦同样将西方的文学当作是一个既存的事实，并不询问这个事实是从何而来。然而强调语言技术化与工具化的新文学，与西方从语言绝对性概念出发的文学，二者似乎截然相反，以精确性与真实性为主的中国白话文学，无论是强调具体描写或是感伤抒情，基本上更接近于西方现代文学观念的衍生形式，如以外在客观现实为主的写实主义或以内在真实情感为主的浪漫主义。

文学在双方知识谱系里位置的差异与扮演角色的不同，根本上反映了当时东西方世界虽然在形式上同样面临危机，但在内容上却大相径庭。在18世纪与19世纪之交，西方早期浪漫主义面临的是启蒙现代性自身内部的矛盾，危机集中表现在主体性的丧失，是人与社会割裂的产物。而在19世纪与20世纪之交，中国新文学面临的是西方启蒙现代性

① 请见罗家伦《什么是文学？——文学界说》，《新潮》1919年第1卷第2期。

向外的扩张，危机主要体现为种族的存亡，是西方帝国主义侵略的结果。

在《日本现代文学的起源》中，柄谷行人阐释，甲午战争后，日本从民族国家蜕变成为帝国主义，从政治上竞争失利的自由民权派人士那里产生了日本的现代文学，因此认为这是一种排除了政治性现实的内面的文学。在《民族与美学》中文版序言中，柄谷行人又指出："近些年我发觉，这一时期同样也是中国现代文学的起源。"①

在已经完成民族国家建构后的日本，经由模拟与拥抱西方现代性所产生的文学，虽然摒弃了政治现实性的作用，沦为一种单纯的美学再现形式，不仅无视西方文学概念诞生时超克启蒙现代性危机的本意，失掉抗拒理性主义主体性的实质，亦无中国启迪民智、鼓吹变革、唤起国魂、抵抗侵略的内涵，但是这并不妨碍欠缺反思与批判精神的日本现代文学实际上从属于一个更大的政治化过程，亦即为日本在扩张成为帝国主义国家的过程中，创发一个含有同构型生活与美感经验的"想象共同体"。中国现代文学的诞生虽然与日本在同一时期，可是二者所处的历史境遇与实质含义则完全不同。

---

① 请见柄谷行人《民族与美学》，薛羽译，西北大学出版社，2016年，7页。

结论

中西方皆受启蒙现代性的影响，双方的共同点不仅呈现在文学概念的挪用或者都位于知识谱系的边缘，更显示二者的诞生皆是为了超克启蒙现代性的危机，并且各自都是以语言作为起点。不过被福柯称为“反论述”的文学，在西方注重的是语言的本体性，从语言走向书写，以文字挑战语音的霸权，而在中国强调的是语言的实用性，从文言走向白话，以一种书面语替代另一种书面语。[①]也因此，虽然东西双方的文学概念都受到民族主义思潮的影响，可是西方早期浪漫主义属于一种内发性的民族主义，故注重自身传统经典的继承超越，以此作为克服异化与重建生活的手段。而中国的新文学源自一种外缘性的民族主义，故强调对自身传统的破旧立新，以此作为救亡图存与抵抗外辱的工具。从而西方用文学拯救的是个人生命的价值，而中国以文学拯救的是集体国族的生存。

拯救对象的不同与采取方式的各异，是因为二者虽然皆面对启蒙现代性所造成的危机，不过在性质上有内外的差别，在时序上有先后的间隔。文学之所以能扮演

---

① 请见张汉良《白话文与白话文学》，《比较文学理论与实践》，东大图书公司，1986 年。

拯救者的角色，并不是因为文学有什么神秘的或超自然的力量，而是因为文学使用语言作为表达的媒介，这个鲁迅所谓的“中间物”，不仅是人类认识与反思的基本工具，也是个人主体性的载体与相互沟通的手段，更是集体文化的结晶与一切意义的来源。文学用语言所创造的空间，既不完全从属于外在知识体系所建构的“象征界”（le symbolique），也不整个受制于内在驱力活动所主导的“想象界”（l'imaginaire），而是位于象征界与想象界交错的“实在界”（le réel）[①]，是这两者无法涵盖的部分所组成的场域，是现实世界症状的表征，只能透过其所产生的效果去感知这个领域的存在。因为文学使用日常语言，但又不受其所

① 此处象征界、想象界与实在界的概念来自于拉康（Jacques Lacan）。相关讨论请见 Jean-Pierre Dreyfuss, S.I.R.: Une ouverture que rien ne laissait prévoir? *Littoral*, No.22. Avril, 1987。值得一提的是，《日本现代文学的起源》的译者赵京华教授在后记里不无困惑地指出，柄谷行人对文学的认识在此书出版后发生了几次改变。在 70 年代作者基本上是从现代性的视角讨论文学，如风景的发现（作为风景的人、认识论颠倒）、客观描写、内心自白、言文一致等。然而在 90 年代受安德森《想象的共同体》影响，转为强调民族国家与文学的关系。但是新世纪开始后不久，柄谷行人发现新式的民族主义与文学并无必然的关联，于是又重新退回自己最初的写作观点。这个有趣的现象表明，柄谷行人无论是从内容（现代性）还是从功效（民族国家）的角度去定位文学，其实并未掌握文学真正的核心内涵，因为文学既不完全属于由现代性知识体系所构成的象征界，也不整个从属于受意识形态主导的“想象的共同体”所形成的想象界，而是与这二者交集并位于其间的实在界。

限，表达意义，但又意在言外，所创造的世界模拟现实，但并不复制现实，而是以一种独特的方式维持在“妄想”（délire）与“逻辑”之间，并且用辩证的方式使书写的主体在表意行为的过程中不断地接受考验与反思自身的实践。[①]

文学之所以作为一门学科，与其他学科并列于学科之林，并非是因为像其他学科一样，建立在一个确切的研究对象之上，而是正好相反，文学学科以文学作为研究的对象，是由其他学科在形成自身独立性与科学性的过程中排除的部分所组成。如果文学学科是所有其他人文社会学科否定性存在的结果，相反地折射出这些学科或多或少是以文学作为自身的他者。这也是为何以杜威十进法作为分类标准的现代图书馆中，文学的部分往往是其他学科剔除而难以归类书籍的最终去处。这个事实表明，文学的空间不是一种实体性的存在，只能是一种负面性的集合，超出了“意志与表象的世界”。中外文系之所以至今未能合并，文学学科的正当性之所以难以确立，朱自清先生的遗愿之所以尚未完成，其原因或许也与此相关。

（整理者　林娣）

---

① 有关文学实践的特质，请见 Julia Kristeva, *La révolution du langage poétique*, Seuil, Paris, 1974。

第六讲 《论语》的阅读和理解

内容简介：《论语》是我国最重要的一部书，《论语》的思想需要认真研究。研究《论语》的一个首要前提是：要把《论语》认真读懂。王力先生说："如果先细心地看清了古人实际上说了什么，再来体会他的思想，这个程序就是比较科学的。所得的结论也是比较可靠的。"这次演讲选取《论语》中的八则，从语言文字的角度，谈了解释《论语》句义一定要符合古代的语言规律、符合古代的言语习惯的问题。

主讲人介绍：蒋绍愚，北京大学教授、清华大学聘任教授，著名语言学家。主要研究领域为汉语词汇史、语法史。1992年被评为国家级"有突出贡献专家"，2006年获得第二届"高等学校教学名师奖"。主要学术专著有《唐诗语言研究》《古汉语词汇纲要》《近代汉语研究概要》《古汉语常用字字典》《汉语历史词汇学概要》《论语研读》等。

很高兴和大家做一个交流。今天我谈的题目是"《论语》的阅读和理解"。《论语》是我国最重要的一部书，《论语》的思想也是非常值得研究的。但是，研究《论语》的首要前提是要真正把《论语》读懂。《论语》一共有20篇，每一篇里又有不同的章。对于《论语》的每一章都有很多不同的解释，哪一种解释是正确的，就需要我们加以判断。今天我们不是从思想的角度，而是从语言文字的角度来谈一谈对《论语》的解读。

王力先生说过一段话："当我们读古书的时候，所应注意的不是古人应该说什么，而是实际上古人说了什么。如果先主观地肯定了古人应该说什么，就会想尽办法把语言了解为表达了那种思想，这有牵强附会的危险；如果先细心地看清了古人实际上说了什么，再来体会他的思想，这个程序就是比较科学的，所得的结论也是比较可靠的。"这段话我非常赞同。我们先要把《论语》的语言文字读懂，然后再从思想的角度看《论语》表达了哪些思想。下面我们就谈里面的八个例子。

（一）《论语·乡党》："厩焚，子退朝，曰：'伤人乎？'不问马。"

马厩着火了，这时孔子正好从朝上退下来，他就问："伤人乎？"——是不是伤人了？"不问马。"——就是没有问是不是伤到马。对这个简单的句子就有不同的读法。

> 《经典释文》："曰伤人乎绝句。一读'伤人乎不'绝句。"

如果按照"一读"，这个句子就要读成"伤人乎不？问马"。这两种断句法意思有什么不同呢？照第一种断句，孔子问的是伤人了没有，而没有问马。孔子只关心人不关心马。照第二种读法，是孔子先问有没有伤人，然后又问有没有伤马。这样，孔子就是既关心人又关心马。这样两句的读法不一样，所表达的思想内容也就不一样。

我们来看看第二种读法对不对。很早，在唐代李匡义的《资暇录》中就说：

> 今亦为韩文公（即韩愈）读"不"为"否"，言仁者圣人之亚。圣人岂仁于人，不仁于马？故贵人，所以前问；贱畜，所以后问。然而"乎"字下岂更有助词？斯亦曲矣。

他的意思是"乎"的后面又加上"否"，没有这样的句子。第二种读法不仅李匡义不同意，金代的王若虚也不同意。他在《论语辨惑》中说：

或读“不”为“否”而属之上句。意……圣人至仁，必不至贱畜而无所恤也。义理之是非，姑置勿论，且道世之为文者，有如此语法乎？故凡解经，其论虽高，而于文势、语法不顺者，亦未可遽从，况未高乎！

从语法上来讲，李匡乂和王若虚的意见是对的。古代汉语中没有“……乎不”“……乎否”这样的结构，只有“……否乎”这样的结构。在《孟子》中我们看到这种“……否乎”很多。如《孟子·公孙丑上》：“如此，则动心否乎？”《孟子·公孙丑下》：“今病小愈，趋造于朝，我不识能至否乎？”《孟子·公孙丑下》：“孟子之平陆，谓其大夫曰：‘子之持戟之士，一日而三失伍，则去之否乎？’”都是“否”在前面“乎”在后面，没有一个句子是“乎”在前面“否”在后面。“不”也是同样。所以第二种读法是不对的。

但还有一种读法，也是在《资暇录》中说的：

按陆氏《释文》已云：一读至“不”字句绝，则知以“不”为“否”，其来尚矣。诚以“不”为“否”，则宜至“乎”字句绝，“不”字自为一句。何者？夫子问“伤人乎”，乃对曰“否”。既不伤人，然后问马，又别为一读，岂不愈于陆云乎？

这句话的意思就是，把“不”读成“否”，还有另外一种读法，就是读成：

厩焚，子退朝，曰：“伤人乎？”“不。”问马。

意思是说：“不”是别人的回答，然后孔子继续问马。这种标点法合不合当时的语法呢？在《论语》中确实有这样的情况：两个人的对话，一问一答，甲问了之后，乙回答，接着甲再说话。而问答之间，并没有“曰”，也不出现人的名字。比如《论语·季氏》：

尝独立，鲤趋而过庭。曰：“学《诗》乎？”对曰：“未也。”“不学《诗》，无以言。”

“鲤”是孔子的儿子。孔子独自站着，他儿子走过来，孔子问他：“学《诗》乎？”他儿子说：“未也。”孔子接着说：“不学《诗》，无以言。”问答之间，没有写明谁问谁答。那么像《资暇录》所说的标点，可不可以呢？就是在别人回答“不”以后，孔子接着问马。我们把“学诗”章和《资暇录》的标点仔细比较一下，可以看到有两点不同：（1）前者答话是“未也”，后者答话是“不”。这二者是有差别的。按照古代的语言表达，说一件事没有发生，应该说“未也”，而不是说“不”或“否”。就是在现代汉语中，对于“伤人了没有”的回答，也应该是“没有”，而不会是“不”。也就是说，如果是“不”和“问马”分开，回答也应该是“未也”，而不应该是“不”。（2）前者在答话前有“对曰”，后者没有。不能小看这个“对曰”。为什么要有“对曰”？这是古代的规矩，回答尊长的问题必须说“对曰”。当时回答孔子问题的人，不是仆役就是家人，答话必须有“对曰”。可见，这种解释通不通，要根据当时的词汇语法系统来判断。词汇就是当时的“不”和“未也”在使用上是有差别的；语法就是“不/否”和“乎”的位置，不能是“乎”放在前面，“不/否”放在后面。所以，我们认为这句话还是应该断成：

厩焚，子退朝，曰：“伤人乎？”不问马。

我认为孔子问人不问马并不影响孔子的伟大。因为，马是国君的财产，马厩着火就是国君的财产受损，孔子问人不问马就是孔子关心人而不关心国君的财产，这正是孔子的伟大之处。

（二）《论语·为政》："子曰：攻乎异端，斯害也已。"

孔子说的话就只有八个字，但解释很不一样。关键在于：（1）"攻"有两种解释。第一种，"攻"当攻治讲（比如"大家正在攻读语言学"），就是攻治异端；第二种，"攻"当攻击讲，就是攻打异端。（2）"也已"有两种解释。第一种，"也已"合起来是语气词；第二种，"也"是语气词，"已"是停止。这样，本章就有四种不同的解释：（1）攻治异端，这就有害了。（2）攻击异端，这就有害了。（3）攻治异端，其害则止。（这个就是把"已"看成动词，"停止"的意思。）（4）攻击异端，其害则止。到底哪一种解释是对的呢？

首先看"攻"。有人认为"攻"是攻击的意思。程树德《论语集释》：

> 此章诸说纷纭，莫衷一是，此当以本经用语例决之。《论语》中凡用"攻"字均作"攻伐"解……不应此处独训为"治"。

杨伯峻《论语译注》也这么说，他说《论语》共用四次"攻"字，像《先进》篇的"小子鸣鼓而攻之"、《颜渊》篇的"攻其恶，无攻人之恶"的三个"攻"字都当作"攻击"解，这里也不应例外。

这种看法到底对不对呢？这种意见似乎很有道理，用《论语》中“攻”的用法来解释这里的“攻”，是以本书来证本书。其实我认为这是不对的。为什么呢？因为哪里有这样的规定，《论语》中有四个“攻”字，其中三个当“攻伐”讲，第四个也只能当“攻伐”讲？杨伯峻先生自己编的《论语词典》（附在《论语译注》后面）里面说：

> 抑（5次）一、连词，表抉择，还是（1次）：求之与？抑与之与？二、连词，表转折，却是，但是（4次）：若圣与仁，则吾岂敢？抑为之不厌，诲人不倦，则可谓云尔已矣。

既然《论语》中五个“抑”可以有四次表示“却是，但是”，一次表示“还是”，为什么总共四个“攻”，就不能有三次表示“攻击”，一次表示“攻治”呢？所以，这句话的“攻”到底是“攻击”还是“攻治”，还要放到具体的上下文中来考察。

那么我们往下读，再看“也已”。孤立地看，把“也已”看作一个语气词，和把“已”训为“止”，都是可以的，都可以从先秦文献中找到不少例证。但仅仅停留在这一步还不够，还要对整个小句做分析。本章的“也已”是用在句末的。据我的调查，在先秦三十部典籍中，在句末出现的六十五个“也已”，几乎全是语气词，只有一个例外：

《论语·阳货》：“公山弗扰以费畔，召，子欲往。子路不说，曰：‘末之也已，何必公山氏之之也？’”

这句话的意思是：为什么要到叛臣那里去呢，既然没有地方可去，那就停止吧。既然还有一例有可能把“已”用作动词“止”，那么就不能排除这样的可能：“其害也已”的“已”也可能是这种少数的例外。所以，我们还要就这个句子来看，这句中“也已”的“已”是否可以读为“止”？

这里还有一个“也”没有落实，这个“也”字到底起什么作用呢？这一点，以前的学者没有提到，但是，这对问题的解决却十分关键。句中的“也”是表示停顿的语气词，其使用是有条件的。在一般的主语和谓语中间可以用“也”。如：《论语·泰伯》：“鸟之将死，其鸣也哀；人之将死，其言也善。”《论语·宪问》：“其言之不怍，则为之也难！”如果我们一定要把这个“也”翻译出来，那它大概相当于“啊”，就是停顿一下。但是，刚才我们讨论的那个句子，是“攻乎异端，斯害也已”。要注意这里的“斯”字，“斯”就是“这就”的意思。所以有“斯”

字的句子上下文之间联系是很紧密的，“斯”后面的主语和谓语之间不能用“也”来表示语气的停顿。比如：《论语·述而》：“我欲仁，斯仁（*也）至矣！”《孟子·梁惠王上》：“王无罪岁，斯天下之民（*也）至焉。”在这样的句子中，不能中间出现“也”表示停顿。这样来看，“攻乎异端，斯害也已”中“也”就不能是表示语气停顿，而只能是“也已”一起表示语气。相同的情况我们在《老子》中也能看到。《老子》中有这样一句：“天下皆知美之为美，斯恶已。皆知善之为善，斯不善已。”其中的“已”显然是个语气词，而不是义为“止”的动词。这个句子和“攻乎异端，斯害也已”是同一句型。这个句子可以帮助我们确认“攻乎异端，斯害也已”的“也已”是语气词。所以，“攻乎异端，斯害也已”的意思是“攻治异端是有害的”。汉代人对这句话正是这样理解的。《后汉书·范升传》：“时尚书令韩歆上疏，欲为《费氏易》《左氏春秋》立博士……升退而奏曰：‘……今《费》《左》二学无有本师，而多反异……孔子曰：攻乎异端，斯害也已。’”范升认为《费氏易》和《左氏春秋》是异端，如果为它设立博士就是有害的。当然，并不是汉代人对《论语》的理解就都是对的，后面也能看到汉代人的理解有错的，但这段话可以供我们参考。

那么，孔子所说的“异端”指什么？朱熹的《论语集注》中说："异端，非圣人之道，而别为一端，如杨墨是也。"但钱穆的《论语新解》中说："然孔子时尚未有杨、墨、佛、老。"程树德《论语集释》中说："诸子百家之说则多萌芽于此时代……宰我短丧之问，则墨家薄葬之滥觞也。樊迟学稼之请，则农家并耕之权舆也。"程树德的意思就是说诸子百家的思想在那个时候已经有了，但还没有成为学派，而这就是孔子所说的"异端"。《论语·子张》："子夏曰：虽小道，必有可观者焉；致远恐泥，是以君子不为也。"就是说小道是有可以学习的地方的，但沿着这条路走远了就恐怕会走上歧途，所以君子不攻治异端。我认为子夏所说的"小道"就是孔子说的"异端"。

（三）《论语·公冶长》："颜渊、季路侍。子曰：'盍各言尔志？'子路曰：'愿车马衣轻裘与朋友共敝之而无憾。'颜渊曰：'愿无伐善，无施劳。'子路曰：'愿闻子之志。'子曰：'老者安之，朋友信之，少者怀之。'"

这一段里有两个问题，第一个是校勘的问题，就是其中的"愿车马衣轻裘"，这里的"衣"是读成平声还是去声。第二个是理解的问题。

先看校勘的问题。如果"衣"读成去声，那就是动词，表示"穿衣服"的意思，那么，"车马、穿轻裘"无法读通。如果"衣"读成平声，"衣"表示"衣服"，而"衣"

后面又有“轻裘”，“衣轻裘”是什么结构呢？这里有问题。问题在哪里？阮元《校勘记》中说：

> 唐石经“轻”字旁注。案石经初刻本无“轻”字。“车马衣裘”见《管子·小匡》及《外传·齐语》，是子路本用成语，后人因《雍也》篇“衣轻裘”误加“轻”字，甚误。钱大昕《金石文跋尾》云：“石经‘轻’字，宋人误加。考《北齐书·唐邕传》：显祖尝解服青鼠皮裘赐邕，云：‘朕意在车马衣裘与卿共敝。’盖用子路故事，是古本无‘轻’字，一证也。《释文》于‘赤之适齐’节音‘衣’为于既反，而此‘衣’字无音，是陆本无‘轻’字，二证也。邢《疏》云：‘愿以己之车马衣裘与朋友共乘服。’是邢本亦无‘轻’字，三证也。皇《疏》云：‘车马衣裘共乘服而无所憾恨也。’是皇本亦无‘轻’字，四证也。今《注疏》与皇本正文有‘轻’字，则后人依通行本增入，非其旧矣。”

这说得很清楚，“愿车马衣轻裘”中的“轻”字是后人误加的，应该删去。删去了“轻”字，“愿车马衣裘与朋友共敝之而无憾”就能读通了。

再看理解的问题。对孔子言志的“老者”三句，有两种理解。何晏等《论语集解》认为：

> 老者养之以安，朋友与之以信，少者怀之以恩。一说：安之，安我也；信之，信我也；怀之，怀我也。亦通。

钱穆《论语新解》则认为：

> 此三“之”字，一说指人，老者我养之以安，朋友我交之以信，少者我怀之以恩也。另一说，三“之”字指己，即孔子自指。己必孝敬，故老者安之。己必无欺，故朋友信之。己必有慈惠，故少者怀之。

这两种理解是不一样的。第一种看法是说孔子愿意别人对自己如何，第二种看法是说孔子愿意看到别人如何。哪一种看法更接近《论语》的原意呢？从内容看，这三句是孔子言志。如果把这三句话理解为孔子希望别人对自己如何，这就是孔子之志，当然是可以的。如果理解为孔子希望别人如何，希望看到老者能使之安，朋友能使之信，少者能有人怀之，即希望广大人群都能各得其所，都能安乐，则更能表现孔子博爱的胸怀。我觉得恐怕还是第二种更接近孔子的本意。

在《礼记·礼运》中有一句话：

> 大道之行也，天下为公。选贤与能，讲信修睦。故人不独亲其亲，不独子其子。使老有所终，壮有所用，幼有所长，矜寡孤独废疾者皆有所养。

根据《礼记》记载，这段话是孔子说的。这个和“老者安之，朋友信之，少者怀之”的思想是一致的。

不过，如果照这样理解，“老者”三句的“安”“信”都是使动，而“怀”不能理解为使动，这样会不会有问题？我认为不会。因为古人行文多考虑表面结构相同，即都是“谓词（形容词或动词）+之”，而不看重内部句法结构的相同。这样的情况多得很。如《论语·雍也》：“知之者不如好之者，好之者不如乐之者。”《论语·子路》：“先之，劳之。”《论语·子张》：“所谓立之斯立，道之斯行，绥之斯来，动之斯和。”这几句里的“谓词+之”，有的是使动（如“劳之”“立之”等），有的是意动（如“乐之”），有的是一般的施动，即及物动词带受事（如“知之”“道之”等），但都不妨碍它们并列使用。所以，我认为这三句理解为“老者则安之（使之安），朋友则信之（使之信），少者则人怀之”，是完全可以的。

（四）《论语·八佾》："子曰：夷狄之有君，不如诸夏之亡也。"

这里的"亡"不是灭亡的"亡"，通"无"，就是"没有"的意思。

对这个句子也有不同的理解。这句话理解的关键是"不如"。一是把"不如"理解为"不像"，一是把"不如"理解为"比不上"。

> 《论语新解》："一说：夷狄亦有君，不像诸夏竞于僭篡，并君而无之。（按：这是把"不如"理解为"不像"。）另一说：夷狄纵有君，不如诸夏之无君。（按：这是把"不如"理解为"比不上"。）……晋之南渡，北方五胡逞乱……必严夷夏之防以自保，故多主后说。宋承晚唐五代藩镇割据之积弊，非唱尊王之义，则统一局面难保……故多主前说。"
>
> 《论语译注》【译文】："孔子说：'文化落后的国家虽然有个君主，还不如中国没有君主哩。'"【注释】："杨遇夫先生《论语疏证》说，夷狄有君指楚庄王、吴王阖庐等。君是贤明之君。句意是夷狄还有贤明之君，不像中原诸国却没有。说亦可通。"

对这句话的理解也关系到孔子的思想。杜维明曾说：

"人们常举'夷狄之有君，不如诸夏之亡也'来说明孔子的民族歧见，这是极大的误解，实际上这句话的意思应当是：夷狄尚且有君，哪像我们华夏君不君臣不臣的呢！"按照这种说法，孔子是没有民族歧见的。但这种理解有一个问题，这就把里面的"之"理解为"尚且"了，而"之"当"尚且"讲是相当罕见的。

究竟"不如"是不像还是比不上？我做过一个统计，在先秦时"不如"绝大多数表示"比不上"，而不表示"不像"。同时，这个"不如"出现在什么语境里也很关键。这里的"不如"是出现在"夷狄之有君""诸夏之亡"的中间，这两个句子就是通常所说的"主+之+谓"结构。像这样的两个"主+之+谓"结构中间通过"不如"来连接，这个"不如"应该怎么理解呢？我们可以先看两个"主+之+谓"结构中间加"如/犹"的例句。《论语·子张》："君子之过也，如日月之食焉。""夫子之不可及也，犹天之不可阶而升也。"前者不是君子和日月相比，而是拿"君子之过"这个整体和"日月之食"相比；后者是拿"子之不可及"和"天之不可阶而升"相比。那么"不如"呢？我们来看一个句子就能清楚些。《晏子春秋·谏下》："星之昭昭，不如日之曀曀。"[①]"昭昭"就是明亮的意思，"曀曀"

① 此例转引自杨逢彬《论语新注新译》。

就是很暗淡的意思。这句话的意思不是说星不像日之曀曀，而是说星之昭昭比不上日之曀曀。如果把这句话的“不如”理解为“不像”，就变成说“星星很明亮，不像太阳那么昏暗”，句子的意思就不通了。同样，“夷狄之有君，不如诸夏之亡也”，也不是说“夷狄不像诸夏那样无君臣上下”，而是说“夷狄之有君，比不上诸夏之无君”。

（五）《论语·为政》：“孟武伯问孝。子曰：父母唯其疾之忧。”

这是孟武伯问孔子什么是孝的一段话。对此有不同理解。

> 何晏等《论语集解》：“马曰：……言孝子不妄为非，唯疾病然后使父母忧耳。”
>
> 皇侃《论语义疏》：“人子欲常敬慎自居，不为非法，横使父母忧也。若己身有疾，唯此一条当非人所及，可测尊者忧耳。”

就是说孝子不为非作歹，父母不会因为他的行为而担忧。只有他生了病了，父母才会为他担忧。

可是有人提出另一种理解，认为这句话说的是人子担忧父母的疾病。其依据的是汉代人的理解。

> 臧琳《经义杂记》卷五："《论衡·问孔》云：'武伯善忧父母，故曰唯其疾之忧。'又《淮南子·说林》：'忧父之疾者子，治之者医。'高注云：'《论语》曰"父母唯其疾之忧"，故曰忧之者子。'则王充、高诱皆以人子忧父母之疾为孝，与马说不同……'父母'字当略读。"

这两种理解哪一种对？从语义看，第一种说法很顺畅。这是孔子对"问孝"的回答。什么是孝？"父母唯其疾之忧"，意思是孝子不胡作非为，除了疾病，父母不必为自己担忧，这就是孝。这意思很清楚。特别是"唯……之忧"的格式，用得很恰当，说明父母只需担心其子的疾病而无须担心其他。而按第二种说法，为什么"善忧父母"就是孝，特别是为什么人子"唯父母疾之忧"，只担忧父母的疾病而无须担心其他？这个问题无法很好地回答。

也许，有人会说第二种说法对。因为"其疾"的"其"很容易找到先行词，就是前面的"父母"。既然"其疾"是父母之疾，那整句当然是说人子忧父母之疾了。其实不然。虽然"其"的先行词"人子"在句中不出现，但句中的"其疾"还是指人子之疾。《论语》中的一些例子可以帮助我们参考。

《论语·学而》:“子曰:父在,观其志;父没,观其行;三年无改于父之道,可谓孝矣。”

这段话也是孔子论孝,“其”的先行词在上文不出现,但“其”的所指很清楚,不是指靠近的“父”,而是指上文未出现的“子”。为什么这样理解?因为整段话论述的中心是“子”,是说人子怎么才是孝。《论语》很多“问孝”的段落都是这样的,比如:

《论语·为政》:“孟懿子问孝。子曰:无违。”

《论语·为政》:“子夏问孝。子曰:色难。”

这两段对话的答话中“无违”“色难”的主语都没有出现,但不言而喻,都是子。所以,“父母唯其疾之忧”的“其”,指的是子,应该是第一种说法对。

(六)《论语·泰伯》:“子曰:民可使由之,不可使知之。”

有人根据这句话说孔子主张愚民政策。对这句话的理解,也有多种。

《论语集解》:“由,用也。可使用而不可使知者,百姓能日用而不能知也。”

《论语新解》:“在上者指导民众，有时只可使民众由我所指导而行，不可使民众尽知我所指导之用意所在。”

《论语译注》【注释】:“子曰……知之——这两句与‘民可以乐成，不可与虑始’(……)意思大致相同，不必深求。后来有些人觉得这种说法不很妥当，于是别生解释，意在为孔子这位‘圣人’回护，虽煞费苦心，反失孔子本意。……宦懋庸《论语稽》则云：‘对于民，其可者使其自由之，而所不可者亦使知之。或曰：舆论所可者则使共由之。其不可者亦使共知之。’则原文当读为‘民可，使由之；不可，使知之’。恐怕古人无此语法。若是古人果是此意，必用‘则’字，甚至‘使’下再用‘之’字以重指‘民’，作‘民可，则使(之)由之；不可，则使(之)知之’，方不致晦涩而误解。”

蔡英杰的《论语训诂疑案的文献学分析》[①]认为这里只能断为“民可使，由之；不可使，知之”。他的理由是先秦“使”的宾语无论是显性的还是隐性的，都不可能与句子的主语同指。他举的例子有：

---

① 《中国语言文学研究》，2017年春之卷。

《尚书·舜典序》："虞舜侧微，尧闻之聪明，将使（ ）嗣位。"

蔡文认为："句子的主语是'尧'，'使'的隐性宾语是'舜'。"再如：

《左传·桓公九年》："冬。曹伯使其世子射姑来朝。"

蔡文认为：这里句子的主语是"曹伯"，"使"的宾语是"世子"。而"民可使（之）由之，不可使（之）知之"的隐性宾语"之"如果指"民"，就是和主语同指了，违反了先秦的语法规律，不能成立。所以，正确的断句是："民可使，由之；不可使，知之。"

究竟是不是这样呢？我认为不是。我认为他只分析了一类句子，他所举的例句都是施事主语构成的使役句，"施事+使+（宾语）+动词"，这个宾语当然不可能和主语同指。不可能有"尧+使+尧+动词"这样的句子，也不可能有"尧+使+之+动词"中的"之"指"尧"的情况。这是没有问题的。问题在于，在先秦文献中还有另一类由受事话题构成的使役句。比如下面这些：

《国语·晋语四》:“蘧蒢不可使(　)俯,戚施不可使(　)仰,僬侥不可使(　)举,侏儒不可使(　)援,蒙瞍不可使(　)视,嚚喑不可使(　)言,聋聩不可使(　)听,童昏不可使(　)谋。”

《韩非子·显学》:“象人不可使(　)距敌也。”

《论语·公冶长》:“由也,千乘之国,可使治(　)其赋也。”

《论语·雍也》:“雍也可使(　)南面。”

比较起来,这些句子都有一些特点:(1)“使”字前面有“不可”或“可”。(2)句首的名词都不是使事而是役事[①],也就是说,句首的名词都不是“使”的发出者,而是“使”的对象。(3)使事都是不出现的。(4)在“使”后面不能加上“之”,因为“使”的对象已经放到句首了。所以,上引例句中加的括号“(　)”中都只能空着。“民可使由之,不可使知之”完全符合这一类句子的特点。我们可以这样理解,这个句子的原型是“可使民由之,不可使民知之”,但为了强调“民”,就把它提到句首作为话题。既然“民”已经到了句首,在“使”后面就不能再出现,也不能用

① “使事”“役事”是语法术语:“孔子使子路问津”,“孔子”是使事,“子路”是役事。

“之”来复指了。

那么，这句话是否反映孔子主张愚民政策呢？孔子对“民”的这种看法，在先秦是有普遍性的，比如：

《孟子·尽心上》：“孟子曰：行之而不著焉，习矣而不察焉，终身由之而不知其道者，众也。”

当时的民众处于被役使的地位，我们不能要求当时的思想家超越他们的时代。但是，仅凭这一句话，就说孔子是主张愚民政策，这并不符合事实。因为，在《论语》里孔子还说过别的话。比如：

《论语·子路》：“子适卫，冉有仆。子曰：‘庶矣哉！’冉有曰：‘既庶矣。又何加焉？’曰：‘富之。’曰：‘既富矣，又何加焉？’曰：‘教之。’”

《论语·阳货》：“子之武城，闻弦歌之声。夫子莞尔而笑，曰：‘割鸡焉用牛刀？’子游对曰：‘昔者偃也闻诸夫子曰：君子学道则爱人，小人学道则易使也。’子曰：‘二三子！偃之言是也。前言戏之耳。’”

从这两个例子就能看出，孔子对待百姓是主张“教之”的。说孔子主张愚民政策，是并不恰当的。

（七）《论语·八佾》："子夏问曰：'"巧笑倩兮，美目盼兮，素以为绚兮"，何谓也？'子曰：'绘事后素。'曰：'礼后乎？'子曰：'起予者商也！始可与言《诗》已矣。'"

这是孔子的学生子夏和孔子讨论《诗经》，他们都是从《诗经》里领悟到更大的道理。子夏问孔子：《诗经》说"巧笑倩兮，美目盼兮，素以为绚兮"，这是什么意思呢？孔子回答说：这是说"绘事后素"。子夏就联系到了礼，说："礼后乎？"孔子就说子夏这样的联系对我启发很大："起予者商也！"后面又接着说"可与言《诗》已矣"，像这样有悟性的学生我才可以和他谈论《诗经》。

问题在于"绘事后素"怎么解释。有两种截然不同的解释，我们来看看哪一种解释更合适。

> 《论语集解》："马曰：'倩，笑貌。盼，动目貌。绚，文貌。此上二句在《卫风·硕人》之二章，其下一句逸也。'郑曰：'绘，画文也。凡绘画先布众色，然后以素分布其间，以成其文，喻美女虽有倩盼美质，亦须礼以成之。'孔曰：'孔子言绘事后素，子夏闻而解，知以素喻礼，故曰礼后乎。'包曰：'予，我也。孔子言，子夏能发明我意，可与共言《诗》。'"

这段话的意思，用了郑玄的解释，就是说绘画的时候先要涂上颜色，然后再用白色勾勒，这就免得颜色把白色弄污。这是把“绘事后素”理解为“绘事以素为后”（把素放在最后）。

> 《论语集注》：“素，粉地，画之质也。绚，采色，画之饰也。言人有此倩盼之美质，而又加以华采之饰，如有素地而加采色也。子夏疑其反谓以素为饰，故问之。”“绘事，绘画之事也。后素，后于素也。《考工记》曰：‘绘画之事后素功。’谓先以粉地为质，而后施五采。犹人有美质，然后可加文饰。”礼必以忠信为质，犹绘事必以粉素为先。起，犹发也。起予，言能起发我之志意。”

这是朱熹的解释，是说先有素然后再来绘画。这是把“绘事后素”理解为“绘事后于素”（在素之后）。

这两种理解正好相反，到底哪一种是对的呢？我想，要正确理解“绘事后素”的意思，首先要正确理解“巧笑倩兮，美目盼兮，素以为绚兮”这三句诗的意思。这三句诗，前两句见于今本《诗经·卫风·硕人》，是写一个女子的天生丽质。第三句是佚诗，但肯定与前两句紧密联系。“素以为绚兮”的“素”，指上面两句诗中的什么呢？显然，只能指“巧笑”“美目”这些天生丽质，“素以为绚兮”是说在天生丽质的基础上再加文采（绚）；这就不能说“绘事把素放到最后”。钱穆《论语新解》说：“此喻美女有巧笑之倩，美目之盼，复加以素粉之饰，将益增容貌之绚丽。”这是拘泥于郑玄注，认为“绘事后素”是“绘事把素放到最后”，所以只能说“素”是“素粉”。但上面两句诗并未说到“素粉”，“素粉”是注释者加上去的，所以，钱说不可取。“绘事后素”只能是绘事后于素。“礼后乎”是问“礼后于忠信乎”，如此方能全文贯通。

对《论语》的“绘事后素”，清代学者全祖望《经史问答》有一个很好的解释，可以参看，这里就不详细讲了。

（八）《论语·公冶长》：“子曰：道不行，乘桴浮于海。从我者，其由与？”《论语·子罕》：“子欲居九夷。或曰：‘陋，如之何？’子曰：‘君子居之，何陋之有？’”

以上两章，都有多种解释。如关于《公冶长》章的解释：

《论语注疏》：“言我之善道中国既不能行，即欲乘其桴筏浮渡于海而居九夷，庶几能行已道也。”

《论语正义》：“《汉书·地理志》：‘……殷道衰，箕子去之朝鲜，教其民以礼义……故孔子悼道不行，设浮于海，欲居九夷，有以也。’颜注：‘言欲乘桴筏而适东夷，以其国有仁贤之化，可以行道也。’据

《志》言，则浮海指东夷，即勃海也。”

关于《子罕》章的解释：

《论语集解》：“马曰：君子所居则化。”

《论语义疏》：“孔子圣道不行于中国，故托欲东往居于九夷也，亦如欲乘桴浮海也……孔子答云：君子所居即化，岂以鄙俗为疑乎？”

《论语新解》：“君子居之，何陋之有：孔子此答，亦与浮海章无所取材语风趣略同。若必谓孔子抱化夷为夏之志，则反失之。”

这么多种解释，到底哪一种是孔子的意思呢？《论语·微子》里，记述了孔子与几位隐士的谈话，孔子是不赞同他们“避世”的做法的。孔子说：“君子之仕也，行其义也。道之不行，已知之矣。”孔子被称为“知其不可而为之者”，那么，为什么又说要“乘桴浮于海”“欲居九夷”呢？不少《论语》的注释都详细考订了“九夷”在何处。清代的刘宝楠在《论语正义》中根据《汉书·地理志》认为“海”指渤海，“九夷”是朝鲜，因为殷商时箕子曾到朝鲜以礼仪化民，所以孔子选择了去那里行教化。显然，这样的理解是不对的。《论语新解》的看法是对的，这两句都是孔子的牢骚话，并不是真要去浮海、居九夷，更不是要去那里行教化。

《礼记·檀弓上》有一段话对我们有启发：

有子问于曾子曰："问丧于夫子乎？"（这里的"丧"不是死的意思，是指丢了官职的意思。）曰："闻之矣：丧欲速贫，死欲速朽。"有子曰："是非君子之言也。"曾子曰："参也闻诸夫子也。"有子又曰："是非君子之言也。"（有子很坚持自己的观点。）曾子曰："参也与子游闻之。"有子曰："然。然则夫子有为言之也。"（有子说，是这样，但孔子说这句话是有所针对的。）

曾子以斯言告于子游。子游曰："甚哉，有子之言似夫子也。（有子的话很符合孔子的意思。）昔者夫子居于宋，见桓司马自为石椁，三年而不成。夫子曰：'若是其靡也，死不如速朽之愈也。'死之欲速朽，为桓司马言之也。（"死欲速朽"是针对桓司马说的。）南宫敬叔反，必载宝而朝。夫子曰：'若是其货也，丧不如速贫之愈也。'丧之欲速贫，为敬叔言之也。"

曾子以子游之言告于有子，有子曰："然。吾固曰：非夫子之言也。"曾子曰："子何以知之？"有子曰："夫子制于中都（孔子在中都做官的时候定下过规矩），四寸之棺，五寸之椁，以斯知不欲速朽也。昔者夫子失鲁司寇，将之荆，盖先之以子夏，又申之以冉有（孔子在鲁国丢官想到楚国去做官，先派子夏去，又派冉有去），以斯知不欲速贫也。"

这段话很有意思，从这三段话来看，"丧欲速贫，死欲速朽"确实是孔子说过的话，不但曾子听到，而且子游也一起听到，为什么有子再三坚持说"是非君子之言"？因为有子认为，这是"夫子有为言之"，也就是说，这是在某种特定的场合，孔子针对某一具体事件而说的话；更重要的是，孔子自己的行为表明，他不主张"丧欲速贫，死欲速朽"。

所以，第一，孔子确实说过某些话，但这些话是有针对性的，而不是普遍适用的。第二，孔子确实说过某些话，也做过某些事，要把他的言和他的行统一起来看。

《礼记》是孔门后学所撰，这些话是否真是孔子、曾子、子游、有子说的，无法确证。但即使是一个传说或一个故事，这个传说或故事所讲的道理是对的，对我们有启发。我们在读《论语》时，首先要准确地理解《论语》上说的话，同时也不能只根据孔子的片言只语，就认定孔子的思想如何。即使这句话确实是孔子说的，也要看孔子是在什么场合，为什么而说；还要把孔子其他的言论和行为综合起来加以分析判断。这是我们阅读和理解《论语》的正确方法。

（整理者　田永苹）

第七讲　汉语诗歌的特点

——从语言角度看

内容简介：与其他语言的诗歌相比，汉语诗歌有哪些特殊之处？人们从什么时候开始讨论这个问题？在讨论中提出了哪些不同观点？还有哪些问题存在争议？本场讲座简要回顾了意象派诗人、比较文学论者、语言文化论者对汉语诗歌特点的不同看法，进而对几个有争议的问题如汉语的词性是否可以分辨、汉语诗歌如何表达时间、汉语诗句为何常常没有主语等展开详细讨论，最后从诗句节奏形式、语言的音韵和声律、诗歌句法三方面说明了汉语诗歌的与众不同之处。

主讲人介绍：谢思炜，清华大学中文系长聘教授，中国古典文献研究中心常务副主任。主要研究领域为唐宋各体文学。著有《禅宗与中国文学》《白居易集综论》《唐宋诗学论集》《白居易诗集校注》《白居易文集校注》《唐代的文学精神》《杜甫集校注》《唐诗与唐史论集》等；主编

《续修四库全书总目提要·集部》。

各位老师同学下午好！非常荣幸能在纪念朱自清先生诞辰的系列讲座中和大家有一个交流机会。今天报告的题目是“汉语诗歌的特点”，副题是“从语言角度看”。采用“汉语诗歌”的说法是为了更准确一点，如果说中国诗歌，我们知道除了汉语诗歌之外还有其他语言、民族的诗歌，这些我们不了解，没有办法把它们概括进来，所以就用一个更严谨的说法叫“汉语诗歌”。副题加了一个限定，为什么要从语言角度看？这个题目本身比较宽泛，是非常大的一个题目，可能涉及很多方面，也可以从内容、艺术表现、艺术手法等方面去看。那么我就给它限定一下，就是从语言这个角度来看。大概是分这么几个部分：第一是从何谈起，第二是讲几种我所了解的有代表性的观点，第三是这些观点里面一些有争议的说法，第四是从三方面来说明汉语诗歌在语言方面的特点，最后做一个总结。这大概就是今天想要报告的内容。

当然，首先要解释一下为什么要从语言角度来说明汉语诗歌的特点。我想，如果要讲某种语言诗歌的特点，当然从语言角度看是最根本的，可能是最重要的。其他的很多方面，我想未必真正是某一种语言的诗歌特点。比如从内容方面看，很难说某种语言的诗歌在内容方面和其他语言的诗歌有根本性的不同。我们说中国诗歌、汉语诗歌讲“诗言志”“诗缘情”，类似的说法在其他语言、其他文化传统的诗歌中不一定就没有，很可能有近似的说法。另外，比如我们说中国诗歌反映现实、描写民生疾苦，这些内容恐怕在别的语言、别的文化传统的诗歌中也都有。所以从内容这些方面去看，未必能够真正把某种语言诗歌的特点展现出来。

另外，比如从艺术手法、形象、意象等等这些方面出发，当然，我们可以在一定程度上说明汉语诗歌的特点。但是这些属于艺术手法、表现的东西，我想它在各种诗歌中恐怕也有共通性。在我们的诗歌里能够看到这样的艺术表现、艺术手法，那么在其他语言、文化的诗歌中，恐怕也有一些类似的艺术特点。另外，某种艺术手法、艺术特点，它本身是可以互相借鉴、移植的。你讲汉语诗歌有某种艺术特点，如果别的文化传统中的诗人有所了解，他完全可以来学习、借用，挪用到他的诗歌创作中去。所以这样来看，恐怕很难说这种艺术特点、手法是仅仅属于汉语诗歌的特点。

所以我想，和这些方面比起来，恐怕只有语言方面的特点，才是某种语言诗歌真正的特点。这是我的一个概括：诗歌与其语言表达形式是密不可分的。在所有的文学形式中，诗歌和语言的关系是最密切的。其他的文学比如叙事文学、小说等，当然也要通过语言来表达，但它的语言常常可以换一种说法，可以改写。其他的文学形式和语言的关系，恐怕没有像诗歌这样密切。诗意与用以表达的语句是融为一体的，是分不开的。我记得我们上学的时候，杨敏如老师给我们举过这样的例子，比如说很简单的、大家都知道的“大江东去”，能不能改成“长江东流”？意思完全一样，是不是？但恐怕只要我们对诗歌稍稍有一点了解，我们都知道这是不能改的。一改之后，原来的诗的味道就完全没有了。这就是一个简单的例子，尽管意思好像差不多，但是一个字也不能改。所以在这个意义上，可以说诗歌是不能翻译的。就是说诗歌和它的语言形式，把它移植到另外一种语言中去，这是做不到的。现在我们当然也会看到翻译的诗歌作品，我们外语也不可能达到那种程度，什么语言的诗歌我们都能直接去阅读，很多情况下必须借助翻译。但是这种翻译可以说只是一种权宜之计。你要真正了解某种语言的诗歌，那当然首先要学这种语言。

另外，从某种语言的诗歌与这种语言的关系来看，诗歌的语言特点也是某种语言的一般特点的体现和延伸。汉语本身和其他语言不同的特点，在诗歌里面也能得到非常充分的体现。大家一般都学英语，是印欧语系的语言。语言系统本身是一个树状的，互相之间有亲缘关系。从亲缘关系上来讲，汉语和印欧语系的语言相差是比较大的。印欧语系的语言，像英语，属于屈折语，汉语是孤立语。从语言形态上来讲，本来就是两种形态差别比较大的语言。在汉藏语系的几种语言中，可以说汉语是留存诗歌作品最多的，而且是诗体、留存诗歌形式最发达的。像藏语也有数量比较多的诗歌，但是和汉语诗歌恐怕还是无法相比。它一方面可能是民间形式的，另一方面可能是和宗教活动有比较密切的关系。

作为这样一种非常有代表性的、非常重要的语言的诗歌，汉语诗歌被认为具有特殊的代表性。比如说印欧语系的这些语言，英语也好，德语也好，法语也好，还有拉丁语，等等，它们之间很难说哪个高哪个低，哪个重要哪个不重要。它们势均力敌，从创作的情况、从历史、从作品数量来看，很难说哪个就特别突出。但是，汉语在汉藏语系中，或者是跟它有一定亲缘关系、比较接近的各种语言之中，是特别突出的。这也使好多西方学者对中西的语言包括诗歌的比较感兴趣，因为这里面确实有很多课题有待探讨。从这个意义上来讲，汉语诗歌确实具有特殊的代表性。从语言特点上来看，它和印欧语系语言的诗歌有很大不同，这是由语言本身决定的。我们周边的韩语还有日语，在历史上属于汉字文化圈、中华文化圈，和汉语有密切的接触，但是从语言形态上来看，韩语、日语和汉语的亲缘关系还是比较远的，属于所谓的黏着语，所以要从比较的角度来看，确实是很难相提并论的，各方面都不太一样。汉语诗歌和其他印欧语系的语言，还有韩语、日语诗歌相比，确实有它的特殊、独到之处。这是解释一下为什么要从语言角度来谈这个问题。

下面就是从何谈起。我们怎么来追溯、回顾这个问题？人们是从什么时候开始讨论这个问题的？我自己做诗歌研究，经常会看一些相关的研究，古代的诗话、其他的一些诗学著作、笔记等，经常会去看。原来在看的时候大概也没有想到，现在忽然想到这个问题：就是我们看这些诗话、词话，古人的讨论里面，他们经常会讨论这样的问题，比如说唐诗的特点是什么？宋诗的特点是什么？当然也会讨论诗的特点是什么？词的特点是什么？这些问题是诗话、词话特别热衷讨论的问题。但是从来没有人讨论、提出过汉语诗歌或者中国诗歌的特点是什么，从来没有人提出这样的问题。我想，这个原因非常清楚，就是他们从来没有见过汉语以外的其他语言的诗歌，所以他们意识不到。尽管自己也从事汉语诗歌的写作，但是没有一个比较，那就确实无从谈起。所以从历史上看，我们所知道的汉语人群中确实从来没有人讨论过这个问题。什么时候开始有人讨论这个问题呢？就是从比较近的20世纪开始。更早的19世纪有没有？19世纪已经有一些中西的接触，也许有，但是我没有看到。应该就是20世纪以后，有外国学者讨论，也有中国学者。可能最早还是外国学者，后来也有中国学者谈这个问题。所以有关这个问题的讨论，看起来好像是一个很大的问题，但其实它的学术史、它的讨论开展的时间，到现在恐怕还不到一百年。

下面我就举几种有代表性的观点，当然这都是仅限于我了解的，应该说不是很全面，有很多可能没有概括进来。第一种就是美国20世纪的意象派诗人，代表人物叫庞德，他说“用象形构成的中文永远是诗的”。听了他的话之后讲中文的人可能有一点陶醉，给了这么高的评价。但你要注意他所说的“中文”，原文是Chinese，好像是指中国语言，但实际上可能是叶维廉翻译的时候斟酌了一下，用了中文这个说法。庞德，包括下面要讲到的影响他的费诺罗萨，他们了解的所谓中文，其实是汉字。他们本身没有真正学过中文，对汉字一知半解都谈不上，就是道听途说，知道一些。但他们觉得这对他们非常有启发，汉字的这种象形性在他们看来跟诗歌有某种特殊的关联。通过庞德翻译的唐诗，我们就可以知道他是怎么来理解中国诗歌。为什么“中文永远是诗的”？“惊沙乱海日”，他把它翻译成“Surprised. Desert turmoil. Sea sun.”，连断字都不准确。“惊沙”我们一般认为是一个词，他把“惊”点断，然后“沙乱”他说是沙漠混乱，“海日”还凑合，就是这样翻译的。这给他一个什么启示呢？他觉得用汉字写成的诗，一个意象接着一个意象，对习惯于西方语言诗歌形式的人来说，他觉得非常新鲜。所以这就启发了庞德，他把它运用到自己的英语诗歌创作中，开创了一个诗派叫意象诗派，可能是在20世纪的所谓现代派诗歌中，在美国影响最大的一个诗派。庞德这个人比较荒唐，二战的时候美国和纳粹作战，他跑到意大利去为墨索里尼政权服务，负责对英美的英语广播，战后被美军俘虏，然后被判刑。但就是因为他对汉语、汉语诗歌发表了这样一些看法，就吸引了许多中国出身的、在美国读博士学位的学者，专门跑去拜访、采访他，了解他的想法和学说，进而产生了好几篇相关的博士论文，讨论庞德的这套学说和汉语、汉语诗歌的关系。

下面介绍一个给庞德很多启发的人，庞德主要是通过他来了解中国诗歌、了解汉语。这人叫费诺罗萨，他其实没有和庞德见过。费诺罗萨死后他的妻子把他的手稿交给了庞德，庞德通过读他的手稿受到很大的启发。费诺罗萨研究中日的艺术、艺术史，曾经在日本生活，实际上也没有真正学习过汉语。但是因为日语是使用汉字的，所以他对汉字有一些了解。他就把学日语过程中对汉字的一些想法记录下来，由此又进一步延伸到对中国诗歌的认识。他讲：“汉字不但吸收了大自然的诗的实质，而且用它来建立了一个比喻的第二世界，用其图画式的可见性保持了其初始的创造性的诗歌，比任何语音语言更有力更生动。”他从图画式的汉字这样一个角度来认识汉语、认识汉语诗歌。比如说这个“有”字，他解释说是“用手从月亮里抓取——在散文中一个最乏味的符号，用魔术变成了耀眼闪光的具体的诗歌”。这个解释如果从文字学的角度看，恐怕他的讲法也未必是正确的。他还没有进展到对某一句诗的理解，就是其中的一个汉字，他就有这么多的发挥、联想。当然我们使用中文、讲汉语的人看到可能就觉得比较荒唐，一笑置之。费诺罗萨本人当时可能不被人所知，但后来通过庞德的介绍，他确实对美国诗歌产生了比较大的影响。当然反过来有一些中国学者也从他这里得到某些启示。这是意象派诗人的一种有代表性的观点。

第二种观点来自比较文学论者。这里面我了解的不多，主要就是中国台湾出身的叶维廉先生。他英语非常好，在美国读了博士学位，一直在美国任教。他其实也受到庞德比较大的影响，受到庞德学说的某种启发。但是他讲的角度明显就不一样，不再讲那些图画式的文字了。他是真正从语言角度去讨论汉语诗歌和英语诗歌、其他语言诗歌的不同。他特别强调文言，认为文言与白话、现代汉语在这一点上还是有所区别。他说：“（汉语）文言可以超脱英文那类定词性、定物位、定动向、属于分析性的指义元素而成句。”这里不限于英文，我想包括了印欧语系这些语言。

不知道真正搞语言的认不认可他这个说法。他说英语这些语言是分析性的，和汉语文言这种综合性的是不一样的。然后具体讲到诗："中国古典诗里，利用未定位、未定关系或关系模棱的词法语法，使读者获致一种自由观感、解读的空间，在物象与物象之间作若即若离的指义活动。"这里就真正讲到语法。他的讲法还是比较抽象，大意可以理解。这是由他的基本观点概括出来的一个说法。

他举的各种例子里面最有代表性的、也是他特别喜欢用的就是回文诗，他用它来证明刚才的说法。汉语的回文诗正着读倒着读都可以读通，这个可能就是他讲的未定位。他举了苏轼的一首回文诗，倒过来读也能读通，还是押韵的。这是古人的回文诗，不限于苏轼的，还有其他一些作品。这还不算是做到极致，叶维廉先生还举了台湾学者周策纵设计的"字字回文诗"。一共是20个字，排成一个圆形，从哪个字开始读，顺时针或者逆时针，五字一句，都能构成一首五言四句的绝句，怎么读都能构成，可以算出来这20个字一共能构成多少首诗。而且他也注意到了押韵，就是不论从哪个字开始，第10个字和第20个字一定是押韵的。所以他称它为"妙绝世界"，由此来证明汉语文言词句组织的灵活，或者说是单字的灵活，它可以这样编排起来。这可能是把古人的回文诗做到极致，所谓的"字字回文诗"。当然，回文诗和我们一般读的诗还是不一样，但这可以作为汉语诗歌里面的一种特例，它在某种程度上确实也能够体现汉语或者汉字的特点——结构组织上的灵活性。这是叶维廉先生一种有代表性的观点。大陆也出过他的书，叫《中国诗学》，另外还有一本《比较诗学》，就是谈中西诗歌的比较。我选的就是他20世纪六七十年代发表的最有代表性的一些观点。

第三种观点来自语言文化论者，他们把语言问题和文化问题联系起来。这里面比较有代表性的中国学者是高名凯，他的《汉语语法论》应该是20世纪40年代出版的。他这样讲汉语："中国语是表象主义的，是原子主义的。表象主义就是中国人的说话是要把整个的具体的他所要描写的事件表象出来，原子主义的意思是把这许多事物一件一件地单独排列出来，不用抽象的关系的观念而用原子的安排让人看出其中所生的关系。结果中国的语言在表现具体的事实方面是非常活泼的，而在抽象观念的说明方面则比较没有西洋语言那样的正确。"

这里没有讲诗歌，就是讲汉语的一般特点。简单地说，汉语本身善于表现具体的东西，不善于表现抽象的东西。这是他的说法，是从他的老师法国人葛兰言那里来的。葛兰言说："中国人所用的语言是特别为描绘而造的，而不是为分类而有的；一个特为唤醒特殊感觉而不是为着定义或下判断而有的语言，一个诗人或历史学家所崇拜的语言，然而为着支持一个清晰分明的思想，则是一个最坏的语言，因为他逼着我们所认为在思想上不可缺少的动作只于潜存的简短的方式中表达出来。”这和高名凯的说法基本上是一致的，只不过说得更狠。葛兰言本人可以算是汉学家，他主要是一个民俗学家，在民俗学界的影响是比较大的。他的特长其实不是语言，但是他就汉语发表的这样的意见，和19世纪以来西方的一些文化论者、语言学家的看法基本是一致的，他们对汉语、中国文化就有这样一种观点。这种观点应该说影响到了刚才我们说的庞德，甚至包括叶维廉等人。庞德他们对中文的诗怎么突然那么着迷？其实是有这样一个思想理论背景的。叶维廉的一些说法也和早就有的这种对中国语言文字的看法是有关联的。所以不要看他们说“中文永远是诗的”等等，便有一点儿飘飘然；实际上他们这种观点背后还有另外一层含义，就是说如果用汉语来进行比较缜密的、细腻的、抽象的思考和表达，是不适合的。这是在西方应该已经存在了一百年以上的一种观点。高名凯先生的书是20世纪40年代出版的，到50年代再版时把这些话都删掉了，包括他引的葛兰言的这些话都删掉了，在那个时代这是不合时宜的。

但是到了70年代末、80年代，大家如果有兴趣到图书馆去看，就会找到好多研究语言文化的书，把语言和文化问题联系在一起，当然主要是讲汉语的。这和80年代开始出现的文化热有一定关系，就是从文化的角度来说明汉语的特点。这些观点其实就是把早期高名凯、葛兰言等人的观点又搬出来，当然有很多新的发挥，比较庞杂。最近又没有见到什么，可能又过了那个势头。他们这些观点从19世纪开始就有，一直影响中国到20世纪八九十年代。概括起来就是这么两种说法，第一个就是汉语特殊，这是很有名的汉学家马伯乐说的："汉语之没有语法范畴及词类乃是绝对的。"在这一点上，他认为汉语和他所知道的印欧语系语言完全不一样，所以他认为汉语是非常特殊的。这个是19世纪到20世纪前期西方学者的一种看法。那个时候西方学术界、语言学界对语言的了解是很有限的，在他们看来，汉语在语言形态等方面确实很特殊，所以他们有这样的看法也不奇怪。但是他们解释汉语特殊的时候就有一点引申、牵强，引出他们的又一种说法，认为汉语的特殊和汉语的思维模式有关。汉语的思维模式在他们看来是和西方的思维模式不一样的。所以就有这样的表述："汉语的特殊性来自其特殊的思维方式。"反过来说也可以，就是说汉语特殊的思维方式是由汉语的特殊性决定的。这些就是马伯乐、葛兰言、高名凯他们阐述的观点后面的基本思想。这种判断不知道语言学者现在怎么看，我觉得是有点儿太武断。看到语言形态不同，就认为他的想法和西方人不一样，后面有某种特殊思维。语言和思维确实有密切关联，但一定要概括为“文化是截然有别的，思维也是截然有别的”，这恐怕就有一点儿政治不正确。这是几种比较有代表性的观点。

下面就是有关汉语特点的讨论里面几个有争议的说法，涉及有关诗歌的一些问题。当然这里问题还是比较多的，我就选几个问题稍微展开一下。

第一个问题就是汉语的词性是否可以分辨。我们知道印欧语系，比如英语等等，它们的词，不同的词类词性不同，形态也有区别，看它们的形态基本就能判断词性。动词有词形变化，形容词有它的标记，名词、副词等等都能够分辨出来。汉语在这一点确实和印欧语系不一样。汉语首先没有形态上的这种区别，某一个汉字到底是什么词，如果单看字本身、词本身是看不出来的。对这个问题怎么解释？我们来看一些中国学者的说法。比较早的黎锦熙就说：“凡词，依句辨品，离句无品。”这个观点在汉语学界是非常有名的，直到不久前还有一些讨论。品就是词性，是名词还是动词等等。汉语的词性是要放在句子里才能够分辨出来的，离开句子就谈不上词性，这是黎锦熙的说法。有人认为黎锦熙的说法否认了汉语有词性，但是也有人不同意，认为黎锦熙的说法是比较严谨的，汉语中的词性要通过句子来判断。还有高名凯的说法，这和前面他的说法是有关系的：“我们认为汉语的实词不能再行分类。正因为实词可以具备不同词类的功能，我们才不能说它是某一固定的词类。”他认为实词和虚词是可以分的，实词里面的名词、动词、形容词这些就没法分类。我们确实看到现代汉语里也存在这种情况。某一个词它既可以做名词，又可以做动词、形容词，这种现象确实是有。高名凯认为既然某个词既可以做名词，又可以做动词、形容词，由此就可以看到汉语没有某一种固定的词类。这曾经也是影响比较大的说法。

赵元任先生在《汉语口语语法》中的说法比较有权威性：“每种语言都有一定比例的词是兼属两类或三类的……以前常有人说，汉语没有词类。可是尽管有各种跨类的现象，大多数的词的功能还是有限制的。”语言的跨类、兼类不是汉语所独有的。某一个词是名词，又兼作动词、形容词，这是很多语言里都有的现象。另外，他这句话是比较有概括性的，就是“汉语的词类是句法功能上的分别，形态标记是次要的”。汉语的词类尽管没有形态标记，但是在句法功能上是能够区分开来的。这可以说是做了一个总结，从赵元任之后，20世纪60年代以后语言学界内部在这个问题上就没有太多的异议了，基本上认为汉语词是有词性、词类的，是可以分别的，但是这种分别主要是句法功能上的分别。

回过头说咱们刚才讲的回文诗。回文诗有什么问题呢？当然，这些作品是有代表性的，包括苏轼的，你们如果有兴趣再找一些回文诗来看，几乎所有的回文诗，它里面的字都仅限于实词。它无法使用虚词、副词等等。它使用的字一定是名词、动词、形容词，这些字词都是既可以做名词用又可以做动词、形容词来用，这样的话你怎么去分割它、把它安排在什么位置上，就要根据它在句子里面的功能来判断它是作为什么词存在。假如把虚词、副词等等加进去，那它就不存在了。因为虚词和实词的功能区分还是非常清楚的，包括现代汉语、古代汉语，都是这样。所以这是回文诗的一个小小的秘密，从这点来讲回文诗不能代表中国古典诗歌。我们知道，只用实词来作诗，受到的限制太大了。你可以只用实词来作诗，但要想表现更丰富的内容思想，当然不能排除使用虚词，副词、介词等等都要使用。如果我们了解了汉语词性的这些问题，再来看回文诗，就能看出它的问题。

第二个问题就是汉语诗歌是如何表达时间的。叶维廉先生特别强调这个问题，有很多发挥。他为什么特别强调文言？就是因为在这一点上文言和现代汉语有比较大的差别。现代汉语动词后面可以加上“了”“着”“过”，这是通过在动词后面加上助词来表达不同的时态。文言里面当然不是绝对没有，但就一般的大家所知道的，是没有这样的时态的。这样他就展开他的说明，他说“文言缺少时态变化，表现了一种独特的时间观，类似于‘电影中的时间观’，具有‘近乎水银灯活动的视觉性’，‘此一瞬中的刻刻发生的现在性及具体性’，由此使‘中国诗超脱了西方的任意类分的时间观而保存了我们和现象中具体事物接触时某一程度的无碍的和谐’”。这是颇有美学意味的一种发挥，从文言缺少时态变化这一点引到了“无碍的和谐”。西方是任意类分的时间观，就是有时态变化的语序，而他推崇没有分别的，并且把它比喻成电影中的时间观。这里面他故意把一些不同的问题混在一起。

电影中的时间观是什么呢？咱们就来看看有关电影语言的讨论。电影的时间呈现方式是一种非常特殊的艺术呈现方式。这是法国人马塞尔·马尔丹说的：“电影对时间的绝对控制是一种完全特殊的现象。它不仅使时间有了一种价值，而且还打乱了时间，它使时间原来无可抗拒、无可挽回的进程变为一种完全自由、摆脱外界各种束缚的现实。”这和语言的时间表达完全是不同层面上的事情。电影里面表现的时间确实有好多打乱的、穿插的、非常自由的组织。但这是采用电影的特殊形式才实现的，和语言里的时间表达不是一回事。语言是线性的，它的时间一定有线性的进展。在一句话里面他就是要表达一个确定的时间，你不可能把它打乱。说一句话它又是讲现在的，又是讲过去的，又是讲未来的，这是不存在的，即便是中国古典诗歌、文言，也不存在这种情况。这里我们随便举一些诗，都能看出这里面时间的表达。“昔我往矣，杨柳依依；今我来思，雨雪霏霏。”这是通过时间词“昔”“今”来表达时间。“溱与洧方涣涣兮，士与女方秉蕑兮。女曰归乎？士曰既且。且往观乎，洧之外洵讦且乐。”这是通过副词“方”、语气词“乎”来表达。“桑之未落，其叶沃若……桑之落矣，其黄而陨。自我徂尔，三岁食贫。”这里的叙事时间是非常清楚的，有语气词、副词等等。“鸡既鸣矣，朝既盈矣。匪鸡则鸣，苍蝇之声。”“既”“矣”，也是通过副词来表达确定的时间。这是《诗经》——中国最早的诗歌里的时间表达，就是通过这样一些方式进行的。后来就不用举例了，随便找一首诗说它没有时间表达，这恐怕是找不到的。单挑一句可能说这句不明确，但它在篇章里，篇章里面一定有一个确定的时间以及时间流程。

第三个问题是大家经常听到、很多人都会讲的问题，就是汉语诗句为何常常没有主语。这和英语、印欧语系也不太一样。叶维廉书里面举了一个例子，就是这四句诗：“玉阶生白露，夜久侵罗袜。却下水晶帘，玲珑望秋月。”他说这四句诗都没有主语，其实不是。第一句“玉阶生白露”是存现句，不是没有主语。“夜久侵罗袜”的主语要给补出来，应该是白露“侵罗袜”。“却下水晶帘，玲珑望秋月”，最后这两句确实没有主语，但这个主语可以补出来，就是前面罗袜的主人，或者就是用罗袜代指的女主人公。没有主语有什么艺术效果呢？叶维廉先生说这可以“让读者保持着一种客观与主观同时互对互换的模棱性”。这又是一种审美、美学的发挥。是不是能达到这样一种效果，我不太清楚，不敢判断。他总是强调要取消主客之间的区别，这样就可以互对互换。我对他的说法还是有一点存疑。

首先，汉语诗歌里面确实有很多句子没有主语。我做了一些样本的统计，至少30%以上，甚至50%以上的诗句，就那一句来讲，主语没有出现。但这种现象也不只是汉语诗歌里面有。比如英语诗里，像这首诗，米高（Roger McGough）的《愿我像年轻人一样死去》：

Or when I’m 104
and banned from the Cavern
may my mistress
catching me in bed with her daughter
and fearing for her son
cut me up into little pieces
and throw away every piece but one

这里的七行，除了第一行有一个I，后面的六行全都没有主语。用语言学术语来讲，这叫回指，后面诗句的主语都是可以补出来的，还是前面的I。但在该出现的地方没出现，这是所谓的零回指。回指可以用代词补充一个，也可以用名词；但也可以不出现，就是零回指。这是语言篇章结构上很一般的现象。汉语在这一点上比英语等语言更灵活。早期的语法、语言著作里就已经意识到这些问题。这些语言学家都有一定的解释，比如吕叔湘说："（汉语）隐藏和省略的部分太多，包括主语。""施事不见：施事为'你、我、他、这'，当前自明，不用多说。"施事就是动作的发出者。这是专门的一类叫"施事不见"，话里没有动作的发出者。说话时大家都明白指的是谁，那就可以省了，不出现了。英语里面可能确实不能省，但在汉语里就省了。另外像王力先生说："中国的语法通则是：凡主语显然可知时，以不用为常，故没有主语却是常例，是隐去，不是省略。"这是王力先生采用的说法，后来大家就认可他这个说法，讨论问题的时候一般不说主语省略，而说主语隐去了，它其实没有必要出现，不存在省略不省略的问题。那么，我们再看赵元任先生在60年代说的："汉语的整句由零句组成，整句只是在连续的有意经营的话语中才是主要的句型。在日常生活中，零句占优势。"所谓"零句"，就是它本身不完整，它的主语、谓语是可以缺的。不完整、主语不出现，这样的句子就是所谓的"零句"。所以如果说汉语诗歌中主语经常不出现，这个确实是可以证实的，好多汉语诗句里面你要找主语确实是找不到。但是这不是诗歌的特点，这是汉语本身的特点。在口语、日常生活对话里零句很多，在诗歌里也是同样普遍，常常有这种不完整的句子。至于说这样是不是就会造成主客互换，我觉得这样说有点太牵强了。就好像日常生活对话中，把“你、我、他、这”都省了，然后我们就互换了，我成了你，你成了我，这种说法我想恐怕是不成立的。

另外，这可能是赵元任先生最早应用到汉语研究里的，就是他讲到的汉语的这个特点：“汉语句子中主语和谓语的关系与其说是动作者和动作，不如说是话题和述题，动作者和动作其实是话题和述题的一种特例。”汉语里出现在句首的词语，按照一般主谓结构的句法观，应该是主语，但是汉语里在这个位置上出现的常常不是主语，不是动作的发出者，而是所谓的话题，就是要谈论的东西。后面的部分则是所谓的述题，是对话题的说明。动作者和动作，其实是话题和述题的一种特例。他把一般的主语和谓语归到了话题里面。这种说法对后来的语言学界产生了比较大的影响，后来就有人从语言类型上区分了两种不同类型的语言，像英语等就是主语凸显的语言，它的主语的位置是凸显出来的、很清楚的。而汉语是所谓的话题凸显的语言，它里面最重要的、最突出的是话题。赵元任先生特别举了诗歌的例子，可能诗歌在这一点上确实比较有代表性：“话题式的主语在诗里也很常见，例如‘云想衣裳花想容’，主语‘云’和‘花’仅只设定场景，替换了某个动作者‘看着云而在想’。又如‘琴临秋水弹明月，酒近东山酌白云’，根据原文也无法弄清谁弹、谁酌、谁在月（或云）下（或对着月或云）这些关系。”诗句前面的云、花、琴、酒，显然不是主语，而是所谓的话题。这样的话题句在诗歌里面是很常见的。“云想衣裳花想容”的“想”是对话题的说明，云是什么样，花是什么样，它是这样一种关系。诗歌里面的话题句，我从杜甫诗里面找了一些，这些句子都可以说句首是话题，确实不是主语：“棋局动随寻涧竹，袈裟忆上泛湖船”；“扁舟不独如张翰，白帽还应似管宁”，不是说扁舟不如张翰，而是说不独如张翰扁舟；“新松恨不高千尺，恶竹应须斩万竿”，恨的是新松不高千尺，并不是新松恨，也不是恶竹斩万竿，而是应须斩万竿恶竹；“侵凌雪色还萱草，漏洩春光有柳条”，后面这几句类似，是用一个从句做话题；“云近蓬莱常好色，雪残鳷鹊亦多时”；“一片花飞减却春，风飘万点正愁人”；等等。这些例子说明话题句在诗歌里是非常普遍的，假如一定要用主语、谓语去套，就会有一些明显是不吻合的。

以上是目前三个有争议的问题，这可能是叶维廉先生等人用来说明汉语诗歌特点的，但在我看来，还有进一步商榷讨论的余地。

下面我想从三个方面来说明汉语诗歌语言方面的特点：第一，诗句节奏形式；第二，语言的音韵和声律；第三，诗歌句法。

先看诗句节奏形式。我们知道汉语诗句包括三言、四言、五言、六言、七言等。尽管这些诗句形式都曾被诗歌采用，但也可以在其他各种场合使用，不会有特殊感觉。唯独五言句和七言句，一旦使用，人们立刻会意识到是在引用或创作诗句。其原因在于，五言句和七言句采用了汉语的一种特殊节奏形式——三字脚。

最早的中国诗歌形式是四言，但是五言诗和七言诗出现以后，四言诗马上就风光不再。为什么呢？就是因为在节奏形式上，四言诗输给了五言诗和七言诗。我们知道日常话语中成语、俗语很多都是四言，后来的骈体四六也采用四言，所以从节奏上来讲，它就不足以成为一种非常有代表性的节奏形式。还比如说六言，有人写过论文调查历代六言诗的创作，从唐以前到宋代，再到宋代以后，历代都有人尝试，但是六言诗始终没有发展起来。我想也是因为在节奏形式上不够特殊，没有自己的特点。唯有五言诗、七言诗，自从出现以后，就成为中国诗体里最有代表性的，原因就是它采用了一种特殊的节奏形式——三字脚形式。启功先生说："句中各词，无论如何分合，句末三字必须与上边四字分开，要自为'三字脚'。这三字可以是'二、一’式，也可以是‘一、二’式，甚至可以是‘一、一、一’式。”五言诗、七言诗都是这样。再早像明代胡震亨说：“五字句以上二下三为脉，七字句以上四下三为脉，其恒也。”这是不变的。“有变五字句上三下二者，如元微之‘庾公楼怅望，巴子国生涯’，孟郊‘藏千寻布水，出十八高僧’之类；变七字句上三下四者，若韩退之‘落以斧引以墨徽’，又‘虽欲悔舌不可扪’之类，皆蹇吃不足多学。”这样处理有的时候是不得已，有的时候是为了出新，做一些变化。这些句子放在诗里面调剂一下是可以的，但是读的话，马上就可以感觉出来它和三字脚不一样，确实不像五言诗、七言诗。三字脚形式在古代是贯穿雅俗的，除了文人诗歌，民歌民谣同样大量采用五、七言的三字脚形式。

所以我大胆断言一下，自三字脚形式出现以后，汉语文体和语言节奏就此一分为二：一种是诗歌的，一种是散体的。其他的三言、四言、六言，就不再被归入诗歌的节奏。到现代，尽管白话取代了文言，现代汉语取代了古代汉语，这种节奏形式仍然保持着强大的生命力，并未因语体取代文言和语言欧化的影响而中断，新民谣和大部分歌词写作仍采用这种节奏形式。我们看新诗。20世纪以来的现代汉语诗歌作者有一种意识，要与旧体诗和民歌、民谣划清界限，他们有意识地规避三字脚形式，不采用五、七言句式，拒绝了汉语的一种最重要、最有标识性的诗歌节奏类型。新诗读起来总觉得不如古典诗歌上口好记、意味隽永。一般人对新诗的印象，总觉得它是散体，不具备一种诗歌的节奏。当然新诗人可能不认可这一点，他们认为自己是讲诗的节奏的。但是从一般人的感觉来看，新诗和采用三字脚的汉语五、七言诗节奏明显是不一样的。

为什么会出现三字脚？可以和其他语言做一个对比。因为汉语本身是孤立语和单音节语言，所以它很自然就形成这样一种节奏。汉语诗歌每个单字一拍，两字一节，二字节接三字脚就是五言诗，两个二字节连着接三字脚就是七言诗。这是很自然的节奏形式。如果不是单音节语言，在这一点上就不太一样。我们看英语等印欧语系语言，它们要划分音步。音步和汉语诗歌的字节很类似。它们的诗歌一般是以音步为节奏单位，一个音步可以有两拍或三拍。但单字一拍，两字一节，它们很难做到。一个单词可能有多个音节，在诗句中有可能占一拍，也有可能是两拍或更多，还有可能把一个单词拆开，分到不同的音步、节拍里面，这种情况也是常见的。在英语诗歌里有少量的四音步作品，最后一个音步只有一个重读音节，然后是一个空拍，这最像汉语的七言诗。这是端木三举的例子，大家都很熟悉的《小星星》：

Twínklè，| twínklè，| líttlè | stár，

Hów Ì | wóndèr | whát yòu | áre!
Úp à- | bóve thè | wórld sò | hígh,
Líke à | diámònd | ín thè | ský.

它和七言诗的节奏非常像，最后是一个空拍。这是英语里面能找到的和汉语三字脚非常像的一种节奏。但是这样的诗在英语诗中是少数，很少。

我们再看和汉语诗歌比较像的藏语诗歌。这个我找例子都找不到，因为实在是对藏语一点儿也不了解，参考资料也比较少，藏文也打不出来。藏语诗歌有四言、五言、六言、七言、八言等句式，和汉语比较像。但它有一个规定，通常一首诗从头至尾只能使用一种句式。四言从头到尾只能是四言，五言从头到尾只能是五言。其中的五言句和七言句，我看有人做的分析，没有用三字脚的说法，但也具有和汉语类似的三字尾结构。但这种五言和七言句式在藏语诗歌里没有特殊的标志性，只是作为与其他各种句式并列的句式之一，和汉语诗歌不太一样。

再有就是越南语。越南古代文人学习写作汉文诗，15世纪出现了喃字唐律体诗，模仿唐诗的七言、五言律绝，有七言八句、五言八句的律诗和七言四句、五言四句的“四绝”。这个节奏和汉语诗歌是一致的，非常像。本来他们是汉文写作，但越南人比较有创造性，后来他们自己发明喃字，进行这样一种仿效唐诗的诗体写作，再到后来，16世纪出现喃字六八体和双七六八体诗，区别不太大。六八体奇数句六字，偶数句八字，采用腰韵的方式：偶数句第六字与上一句尾韵叶韵，第八字另起韵。双七六八体首二句七字，后面都是六八体，首二句不是三字脚，不是上四下三，而是上三下四。六八体后来在越南非常流行，有民间作品，也有文人写作，唐律体就被取代了。大家知道的越南非常著名的长篇叙事诗《金元翘传》，里面把唐诗"鸡声茅店月，人迹板桥霜"改写成"Tiếng gà điểm nguyệt, dấu giầy cầu sượng"（声鸡店月，迹桥鞋霜），也就是一个六八体的八言句。一直到现在，越南的翻译家还采用六八体来翻译中国古典诗歌。

以上是诗句的节奏形式。我想汉语诗歌的节奏很特殊，当然也不能说独一无二，比如越南语有类似的，藏语也有类似的。但是，其他语言的诗歌还是没有像汉语的五、七言诗这样具有特殊标志意义的节奏。

第二个方面就是有关语言的音韵和声律。这个讨论比较多，大家也都比较熟悉，应该没有太多争议性的问题，是比较清楚的。这里只做一个简单的比较。汉语诗歌的押韵只有尾韵一种形式，其他语言的诗歌还有头韵、腰韵等形式。在这一点上汉语诗歌反而有一点单调。古典诗歌的尾韵只有两种形式：每句押韵与隔句押韵。后者比较常见，前者比较少见，一般一韵到底，只有歌行等少数诗体允许中间换韵。其他语言的诗歌在押韵方面有更为丰富的变化，比如ABAB，第一句和第三句押韵，第二句和第四句押韵。

另外就是现在讨论比较多、研究也非常充分的近体诗律。当然这是一种人为的规定，利用汉语的自然声调变化人为设计出了一种规则。由于现在研究比较深入，我们也可以比较清楚地知道它是怎么发展来的，是通过不断调整完善才最终完成的。由于是一种人为规则，它与五、七言诗的三字脚节奏形式虽有关联，却是分属于不同层面的问题。这是我的看法，声律规则是在五、七言诗已经成型的字节划分基础上形成的一种加强版和升级形式。先有五言诗的二三结构，才可能出现永明体、近体诗的平仄律。为什么四言诗里面没有形成这种规则？我想四言诗本身不具有这种形式。正因为平仄律是一种人为设计的规则，所以后来才会不断有诗人要求“破弃声律”、创新突破，修改并重新创制规则。这是平仄律本身的特点。

汉语的平仄分别，我们肯定是有所感觉的。比如现在我们给人起名字，如果是平声字相连或仄声字相连，听着可能就不舒服。我们讲汉语的人对这个是有感知的，能够知道它的区别。另外即便到现在，对联上联的结尾一定是仄声字，下联的结尾一定是平声字。要是倒过来的话，你就觉得它没有结束，给你的感觉不太舒服。但是平仄律本身牵扯到古今语音的变化、方言的区别，很多字的平仄读音在日常口语中是有变化的。现在有很多年轻人还在学习古典诗歌写作，大家最愿意尝试的就是近体诗写作。在写作过程中，很多人纠结的就是平仄到底依据什么。是依据中古音《广韵》音系、平水韵，还是依据自己的实际读音？现在还有人说要重新设计一套“中华新韵”。到底应该依据什么？我请教过一些从事旧体诗写作的人，他们好像也莫衷一是，不知道到底怎么做才合适。所以平仄律本身那种可以感知的艺术效果其实已经发生了变化。我们现在读古典诗歌的时候，对于其中的平仄是否相合、是否有缺失的感知已经大大弱化了。

这是汉语的音韵和声律。我们不好说平仄律是汉语独有的，但就我们知道的，其他语言的诗歌里面好像确实没有。其他语言没有声调的现象，当然诗歌里面也就不会有这样一种特殊的规则。这是第二个方面，有关语言的音韵和声律。

第三个方面就是诗歌的句法。诗歌句法大概是从宋代就开始讲。句法怎么定义？我的说法是：句法是语法规则在诗句层面上的体现。即便是诗，也是要符合语法的。但是语法要和诗句的字节规定协调。古人讲句法，就是指对诗句里面字词结构的组织。宋人诗话里有一个例子：“‘古木森森白玉堂，长年来此试文章。日斜奏罢长杨赋，闲拂尘埃看画墙。’荆公见之甚叹爱，为改为‘奏赋长杨罢’，且云：‘诗家语如此乃健。’”我们觉得这样一改，确实更有韵味，或者说更加新鲜。这当然也牵扯到汉语字词组织的灵活。“奏罢长杨赋”，原来《长杨赋》是一篇作品，现在改成“奏赋长杨罢”，当然可以理解成奏赋，赋是《长杨》，但是“长杨”又是宫名，所以“奏赋长杨罢”又可以是另外一种意思，就是在长杨宫里面奏赋罢。所以，所谓句法，可能和语意上的组织、达到某种修辞效果有关。缺少语法形态标志和语法关系松弛是汉语的一般语法特点。所谓的语法关系松弛，主要指汉语不像印欧语系语言那样，必须采用主谓一致关系的句法结构。另外，还有汉语的单字组合灵活现象，比如回文诗，比如“奏罢长杨赋”调整成“奏赋长杨罢”，这都是单字组合的灵活现象。还有句法结构中的某些歧义现象，是汉语语法特点的直接表现。这些语法方面的特点，有助于诗人在字词组织乃至语序等方面变化出新，调整一下，效果就不一样了。

我们举一种诗歌句法的例子，就是中心语句，王力先生把它叫作名词语句。根据我的调查，这种句式是在杜甫诗里首先出现的，或者说就是杜甫首先发明创造出来的。比较简单的如“昔日太宗拳毛騧，近时郭家师子花”，拳毛騧、师子花是中心语，前面的是修饰成分。修饰成分也可能是一个句子，比如谓语句“负盐出井此溪女，打鼓发船何处郎”，“自去自来堂上燕，相亲相近水中鸥”，“香稻啄余鹦鹉粒，碧梧栖老凤凰枝”。最后这两句最有名，一般的语序可能是“鹦鹉啄余香稻粒”，主语、宾语的位置是正常的，而诗人故意把它变化了，颠倒了，但是有意思的是，这一点也不影响我们理解，反而有一种很新奇的效果。这就是中心语句。你也可以把它理解为一种倒装句，前面的谓语句就是后面中心语的谓语：“此溪女负盐出井”，“何处郎打鼓发船”，“堂上燕自去自来”。其实从语义上是一个意思，但为了适应上四下三的结构就调整成这样一种句式。“香稻啄余鹦鹉粒”，如果给这句诗做一个语法分析，可以这样分析：后面是一个名词中心语，前面是一个句子来修饰它，又构成一个大的名词语句。修饰它的句子本身不是正常语序，可以把它分析为一个话题句，“香稻”是话题。什么样的香稻？是啄余的香稻。啄剩下的是谁的？是鹦鹉的。这样一种句式，可以看出语句结构组织的调整和单字组织的灵活处理。这是汉语诗歌的特点，或者说是独有的特点。特别有意思的是，这种句式现在又流行起来，我一开始也没有注意，后来忽然想到，现在流行的一些顺口溜不正是这种句式吗？“白手起家×××”，“一无所有×××”，“不知妻美×××”……都是这种句式，一下子编出十几句，而且不断有人补充。据说好多单位、行业都有类似的顺口溜，都是采用这样一种句式。这种句式就是从古典诗歌、从杜甫那里来的。这是汉语诗歌句法上的灵活性、特殊性。

此外，汉语语法还有一个重要特点，就是句子结构简单。这当然也是汉语本身的特点，尤其体现在主句之下的从句层级上。从句只使用字数十分有限的短语，在古汉语中一般是两字短语。得到承认的只有主语从句、宾语从句，没有印欧语系语言中十分常见的定语从句。主、谓、宾、定、状、补这几种成分，就能够构成所有句子。这些成分都呈现在同一平面上，不像印欧语系语言那样由关系词引导的从句自然形成另一层面，而且按照语法要求时态也不一样。印欧语系语言是立体的，而汉语本身是平面的。这当然影响到了汉语诗歌的句法。比如宾语从句："女曰鸡鸣，士曰昧旦"，"谁谓情可书，尽言非尺牍"，"谢安不倦登临费，阮籍焉知礼法疏"；主语从句，也是短语："远望令人悲，春气感我心"，"著论准过秦，作赋拟子虚"，"长风破浪会有时，直挂云帆济沧海"。我想汉语诗歌里面句子的复杂性可能就到这种程度了，再找更复杂的句子恐怕很难。当然，也可以说五言和七言限制了它。但为什么不把句子写得长一点呢？办不到。语言本身限制你这么去做。这是从网上找的例子："The snake catches the toad that eats the insect that nibbles the green leaves that grow on the branches." 这不是诗，只是说明英语的从句可以一级一级往下套，套了四五级。要翻译成汉语怎么办？没有办法像英语那样去处理，只有把它都变成一个层面上的。

最后总结一下。汉语的重要文体如仿古文言、骈文、译经文等，都以短句为主，诗歌文体停滞于五言、七言句式。有人尝试写作包含三字脚的九言、十一言诗，明、清都有，但响应者寥寥，没有发展起来。这和汉语本身的语言特点有关系。这是汉语诗体形式的一种明显限制，对诗歌写作产生了重要影响。正是由于这种诗体形式上的限制，简单的诗、单纯的诗在汉语诗歌中占了绝大多数。这些诗大多意象鲜明，一诵即懂。但简单的诗也相对缺少变化，更容易出现重复，要写出好的诗句反而更难。诗人如果写不出新鲜的句子，就只好尝试展示自己的深度，写卖弄学问的诗。这类诗讲究用典，必须有知识储备才能读懂。这成为诗人的一种选择。另外一种选择就是写微言大义、像猜谜一样的诗。有的学者主张微言诗学，诗都是微言大义的，表面上这么说，实际上是有另外含义的。这是在中国诗歌里面又一种不得已的追求，跟汉语诗歌本身的限制有关。所以汉语诗歌里像《离骚》那样的作品缺少嗣响：很早就产生了这种气势恢宏、回肠荡气的作品，为什么人们后来就写不出来了？当然有思想方面、历史方面的原因，但是我想和汉语诗体本身的限制是有关系的。汉语诗歌还基本排除说理。说理在汉语诗歌里一向被认为是不可取的，所以像曾经有过的玄言诗和宋代的理学诗等等，一概是被批评的，因为汉语的诗体形式就排斥说理和比较复杂的叙事。同时汉语诗歌的叙事传统相较而言也十分薄弱，缺少气势恢宏的长篇巨制，始终没有形成一个传统，偶尔出现几个诗人，白居易、吴伟业等等，写出一些较好的篇章，但是马上又归于沉寂。这其中诗体的限制是重要原因。人们常常引用一句话："一切好诗已被唐人作完。"但却不肯面对这样的问题：为什么唐以后汉语诗歌在诗体上不能有重大创新，而只有被视为小道的词独擅一时？我想就是因为汉语诗体本身是受到语言的限制的。

谢谢大家！

问：请问老师，在"五四"之后用白话文来改造现代文，这样是不是导致了我们现在不用文言方式写作，从而失去了很多中国传统诗歌的特色？另外，怎样通过语言区分现代诗和散文？谢谢老师。

答：这实际上是一个新诗、现代诗歌创作的问题。"五四"有一个文化断裂，这是有意识地接受意识形态的影响。类似的现象在其他的国家未必有，这是中国特有的一个情况，造成了这样一种现状。当然，语言本身是自然延续的，从"五四"以前到"五四"以后，语言真正发生了很大变化吗？当然没有，发生变化的是书面语言。以前用文言作为书面语言，“五四”以后开始有意识地创立现代汉语的书面语言，以白话文为蓝本。一开始的新诗，胡适他们就把它叫作白话诗，说是要用说话那样的语言来写诗。但实际上，中国古代也有所谓的白话诗，或者叫通俗诗，用的语言是口语的，但诗体形式还是五言或七言，并没有想把诗歌节奏的语言抛开，另外创造一种语言形式。“五四”以后的新诗、白话诗把五七言格式也丢掉了，传统古典诗体形式都不要，这和当时比较激进的观念有关系。胡适本人就认为，中国古典诗歌这些东西就像裹脚布一样又臭又长，应该把它扔掉。所以当时就完全避开古典诗体形式来创作诗歌。但是这种诗体一直没有形成一种规范性的东西，谁都可以写，你可以这么写，我可以那么写。其实他们有一个模仿的东西，就是外国诗，不管他们承认不承认。但是很少有人真正照着外国诗去模仿，都是照着翻译过来的作品模仿。比如有一个现在不太流行的苏联诗人，叫马雅可夫斯基，他写的诗都是楼梯体。那么后来我们创作新诗的一些诗人，也写这种楼梯体。当然这个诗人本身很了不起，他的诗也有很多可取之处。但是我们学写新诗，往往是用这种方式去写。所以形式问题是一个新诗到现在还没有解决的问题。尽管他们现在还在不断尝试、探讨，但是最终的结果是什么真的很难说。很多新诗人也呼吁要创立某种诗体，他们尝试过很多次。比如有人提倡新格律体，创造新的格律。还比如他们创作“商籁体”，模仿西方的十四行诗，要创造这种汉语的诗歌方式。但这些尝试并没有形成一种共识。比如说某个诗人写的一种格律的诗，有人继续这种格律的创作。如果真有若干个诗人都采用这种形式，都这样去尝试，也可能它就成功了。但就是缺少这种持续的努力。中国古典诗体比如七律，为什么最后能发展起来？就是有一代一代的诗人不断去创作。杜甫之前有一批诗人写作，然后到杜甫这里把它推向一个更成熟的水平，杜甫之后就成为一种非常重要的诗体，很多人都去写，最后就发展起来了。现在的新诗就是缺少某一种诗体的持续的创作，缺少优秀的作品。一种诗体能够流行、能够成立，靠什么？靠作品。如果能够产生出一批脍炙人口的作品，这种诗体自然就成立了。但是我们现在看新诗人是各行其是的。当然，新诗的历史毕竟还是太短，没有产生出足够优秀的作品，我们能够记住的诗少之又少。

问：您刚才讲中国的现代诗是从国外现代诗借鉴来的，这肯定是对的。但是是不是都有一种趋势，国外是从十四行诗自由体，中国是从五七言到白话诗，人们对格律束缚的这种解放心态，是不是一种趋势？另外，汉语的现代诗和西方的现代诗，抛去您说到的各种特点，是不是有一种趋同的趋势？它们都在向自由诗发展，这两种不同语言的诗歌是不是有一种借鉴、融合的趋势？

答：西方的诗也分格律诗、自由诗。但是所谓的自由诗是现代才出现的，以前都是格律诗。中国古代的诗歌当然都是格律诗，不是说按照近体诗的那种格律，而是说都有一定的格式限制。而新诗确实没有一种格律，对此有一些争论，有的人主张有格律，但是也有好多人反对。所以一般大家印象中的20世纪以来的中国诗歌，所谓新诗，都是自由体。当然这里也有区别，有的人会把西方的一些诗体搬过来做一些尝试、改造。但是从发展趋势上看，是不是自由体会取代格律，以后的诗歌就都不讲格律，这个我不敢说，这一定是靠创作来说话。你说自由体挺好，那你就拿出自由体的创作，拿出能被大家认可的、能够流行的、能够流传下去的作品。你说格律体好，那你一定也得拿出作品。这一定是要靠作品来说话的。

问：您在讲座当中提到唐诗和宋词独领风骚，尤其出现了杜甫、白居易这样的大诗人。您是否可以解释一下这背后的逻辑是什么？为什么出现了那么多优秀的唐诗和宋词，但是近代没有了？

答：这是大家现在讲唐诗的繁荣时常常会涉及的问题。原因我想是综合性的，需要具体分析。它是各种因缘条件促成的，有诗歌本身的条件，各种诗体到了唐代都有充分的发展，都成熟了，也有其他社会方面的原因，还有就是当时正好出现了这样一些优秀的诗人。唐代有将近三百年这样一个比较长时间的创作的积累，才有这样的成就。一代一代的努力，在艺术上不断的完善，出现了许多代表性的诗人，才会取得这样的成就。宋词的话，还要加上音乐方面的原因，市民文化的发展，等等。我想这是比较重大的问题，很难用比较简单的几句话把它概括出来。

（整理者　吴晋邦）

第八讲 关于若干传日隋唐乐舞的考辨

内容简介： 日本雅乐中保存着许多隋唐时代东传的乐舞，对于研究唐大曲的形式、唐词的起源、歌舞戏与早期戏曲的关系具有重要价值。这些乐舞按性质大致可分为隋代传入的伎乐、唐代歌舞戏、不含戏剧因素的隋唐乐舞、散乐四种类型。其中《兰陵王》《苏莫者》《青海波》三个乐舞是国际研究的难点。通过这三个乐舞的考辨可以看出，这一课题的研究必须综合利用古乐谱、实物调查、中外文献、遗存民俗、考古成果等多种资料才能进行，因而对跨学科研究提出了更大的挑战。

主讲人介绍： 葛晓音，北京大学中文系教授。主要研究领域为汉魏六朝隋唐诗歌研究。代表作有《八代诗史》《汉唐文学的嬗变》《山水田园诗派研究》《诗国高潮与盛唐文化》《先秦汉魏六朝诗歌体式研究》《唐诗流变论略》《杜诗艺术与辨体》等。

各位老师，各位同学，大家好。今天讲的这个题目，对我来说更像客串，这并不是我的本专业。它的缘起是八九十年代曾申请的一项唐代乐府文学的科研项目，那时我正好到日本东京大学去教书，在那里看到了一批有关唐传日本的乐舞资料，其中还不乏录像。这让我感到乐舞的问题很是复杂，仅从文本层面讨论是不够的。当时东京大学的户仓英美教授对这个问题也很感兴趣，所以我们从1997年开始合作，这一合作就有近20年的时间。我们研究的角度与一般专门研究乐舞以及日本雅乐的学者是不太一样的。我跟户仓教授都从事唐代文学研究，所以很希望能够从文学的角度展开对乐舞的讨论。大家知道唐代乐府诗、唐五代词都和音乐有关，甚至戏剧当中一部分内容也起源于唐代的某些大曲和歌舞。研究这些文学形式，都要涉及音乐和舞蹈的相关背景。我们研究中的一部分内容就是希望通过研究乐曲的音乐结构来解释词的起源。大曲与戏剧到底有什么关系？歌舞戏和戏剧之间又有哪些关联？对这些问题的探讨，我们的前辈学者像王国维先生、任半塘先生都做出了巨大贡献，但还有很多更具体的问题需要深入地去思考辨析。

题目本身难度大再加上与户仓教授分处两地，我们反复琢磨讨论得出的结论也不一定正确可靠，可以说几乎每一篇文章都要斟酌两三年，甚者一放五六年也是有的。我准备讲解的《兰陵王》《青海波》和《飒摩遮》争议都比较大，相关的问题在国际上也广受关注，今天在这里和大家一起来讨论。

我们知道，中国的文献中保留了不少乐舞曲子，像《通典》《乐府杂录》《教坊记》《羯鼓录》《唐会要》《玉海》《乐书》等等都有涉及，我做了统计，大约是570首左右。这个数字不太精确，原因在于某些曲子有好几种形式，记录上有重复的情况。而根据日本资料的记载，日本乐人来唐朝学习时，已知的曲子就有700种，从唐朝传到日本的曲子是180种。各种资料的记载出入非常大，现在我们看到比较晚的是《大日本史·礼乐志》里记载的唐乐，有161种，其中有87种是中国文献里没有记载的。在日本，唐乐舞被包含在日本雅乐这个大的门类内。日本雅乐中有很多唐代传过去的乐舞，到现在还在上演的有70多首曲子，涉及30多种舞蹈，这些在中国基本上都失传了。日本雅乐是世界文化史上的奇迹，被称为化石文化，在欧美国家已经成为研究的热点，在国内最近也有不少学者开始关注了，这是学术的生长点。

我先简单介绍一下日本的雅乐。它主要是包含三个部分，第一部分是日本自己的神乐、大歌、倭舞、东游、久米歌等等，这些是和祭神朝典有关系的古乐。第二部分是从上古到中古初期传入日本的朝鲜、中国、印度等地的音乐，以及日本仿作的同类乐舞，主要用于朝廷的祭仪、典礼或者宴会。第三部分是平安朝以后流传在日本上层贵族之间的俗谣。我们研究的唐乐舞主要集中在第二部分中。

那么日本是怎么样把唐乐保存下来的呢？我们知道日本有很多表演机构，具体的保存史展开来讲可以做单独讲座，这里我就简略地说一下。现有的日本表演机构包括宫内厅的雅乐部、全国的寺庙、宗教法人属下组织，以及同好会演奏雅乐的团体。例如广岛的严岛神社，每到新年的时候，初一初二两天会连续在神社进行表演。这些表演机构保存的资料很丰富，主要是以下几类。一类是古乐谱、古乐书，以及这些书中记载的乐舞基本动作。东京的国立剧场，把古书中记载的乐舞动作拍成了影像资料，如果有同学有兴趣研究，可以到国立剧场观看这些影像资料，乐舞的动作大体上就知道了。一类是服饰、乐器和假面。唐乐舞很多都是戴假面的，这些假面也保存得很好。还有一类比较重要的资料是各地寺院表演雅乐的资财账，哪一年哪一天表演了什么，演员穿着什么服装，在账本中都有非常详细的记载。这些记录目前都已经出版，方便查询，不需要再跑到各个寺院中去搜罗了。

下面我们回到本次讲座的题目。

首先，关于东传的隋唐乐舞，我先介绍几种类型。第一类就是隋代传入的伎乐，又称为吴乐。什么叫伎乐？它是古代日本在佛寺举行行道仪式的乐曲。行道就是围绕着佛像的本尊或者堂塔游行的供奉仪式，演奏伎乐是游行的一部分。现在我们所知伎乐一共有九个曲子，保存在《教训抄》这本13世纪的古乐书中，除了第一个曲子外，剩下八个都是有表演的，而且都有一些简单的情节。吴乐的基本特点就是戴假面，假面不是仅遮住脸部，而是把脑袋整个套住，人物的性格、动作、身份都是靠假面的形状来标记的。从这些曲子的内容来看，应该是从当时被称为“吴”的南朝地区传到日本的。当然这个问题中国学者和朝鲜学者之间还有一些争论，有些朝鲜学者认为这批吴乐是从朝鲜传到日本去的。但我们做了考证，认为这批乐曲应该来自我国的南朝地区。曲子中既有表现佛教故事的内容，也有世俗的内容，有些在我国南北朝的文献中是可以找到对应的。

这八个曲子有些比较简单，我们已经基本确定表演的是什么。有两个是难度比较大的：一是《师子》，它与梁朝周舍《上云乐》记载的内容几乎是对应的；另一个是《吴公》，表演这个曲子时，演员头戴假面，表现的是一位威武的南朝贵族的形象，人物应该是身兼贵族和将军两种身份。关于这个曲子究竟在表演什么，日本的学者们争议非常大。在2016年《北京大学学报》的第一期，我们发表了关于《吴公》的考证。

第二类是唐代的歌舞戏。关于唐代的歌舞戏，我们现在已经考证了《兰陵王》《拨头》《盘涉参军》。所谓歌舞戏，指的是它含有戏剧表演的因素。《兰陵王》和《拨头》都含有一定的情节和戏剧表演的成分。《盘涉参军》目前我们并不知道它的表演情况怎么样，但可以肯定它是大曲。关于“参军”，我们知道唐代就已经有了参军戏，后来在宋代发展成戏剧。“盘涉”指的是盘涉调，它的曲调基本上都保留下来了。

第三类是不含戏剧因素的隋唐乐舞，比如《玉树》。日本遣唐使、学者、乐人在返回日本的途中往往要经历千辛万苦，海上遇到风浪也是常事，经过长时间的奔波，很多学到的知识有可能遗忘或混淆。《玉树》就是这样的。我们考证出《玉树》包含了三个曲子，即《玉树后庭花》《霓裳羽衣舞》和《金钗两臂垂》，这三个曲子就混同在一个曲子中。下面会讲到的《轮台》和《青海波》也属于这一类。

第四类就是散乐，今天要讲到的《苏莫遮》就属于散乐。一会儿我们详细地来对它进行讨论。

大致了解了东传入日本的隋唐乐类型，我们可以通过现代仍在日本寺院表演的《兰陵王》了解一些关于此曲的信息。

通常表演《兰陵王》的演员要头戴面具，面具的顶部有一条生有两翼的龙俯卧其上，龙两爪分立在面具的额头部位上方。整体来看，常见的两类面具上龙的造型基本一致，都是飞翼龙的形象，主要区别在于翅膀大小不同。

西方和日本学者认为《兰陵王》是直接从印度传过来的，所以这种面具和南亚一些岛国上祭祀用的面具是一样的。但从我们能够见到的南亚岛国的面具来看，面具上都是蛇的形状，这个问题我们待会再说。

那么关于《兰陵王》的争论点主要在哪里？日本学者认为，因为这个曲子在日本不叫《兰陵王》，叫《罗陵王》，有的直接写成《陵王》，所以这不是中国的《兰陵王》。表演的是什么呢？是佛教中沙羯罗龙王的故事，是高僧佛哲从印度带到日本的。

日本20世纪初有个大学者叫高楠顺次郎，他考证《兰陵王》表演的是印度“龙王之喜”的故事。后来我国的学者周华斌先生发表了一篇文章，他发现在兰陵王九婶的墓葬中有一个神兽图形，与日本表演《罗陵王》时头戴的面具上龙的样子非常相似。另外他还指出，龙王面具的吊颚动睛的造型，即下巴吊在面具下部，眼睛可以活动，这种造型及制作方法与我国贵州傩戏的龙王面具是一样的。所以他首先从面具的形制上证明了《罗陵王》和中国的兰陵王是有渊源的。

我们又做了下面的一些工作。

首先，通过考察佛经的记载、日本寺院的古迹和各种乐书，说明了所谓佛哲传《罗陵王》的说法是没有根据的。

其次，针对很多学者认为该曲表演的是佛教中沙羯罗龙王的故事，我们又考察了日本的“行道”仪式，因为“行道”仪式中就有沙羯罗龙王的形象，这个形象中龙王的面具上都为蛇形，与《罗陵王》的龙形完全不同。

第三，在调查的过程中我们注意到《罗陵王》面具上的飞翼龙到唐以后就很少见了。六朝时期龙的形象还有变化，唐以后的龙基本就是现在所见的形象。刚才我们看到那种造型的龙，与汉魏时期墓葬中的龙造型是相同的。

第四，《罗陵王》的咏词是四言诗，我们知道大曲这一类的歌舞戏里往往会有所谓的“咏”。在日本，“咏”其实就是朗诵一句词或一两句诗，也有朗诵四句的。这是歌舞当中的一部分。从内容风格来看，《罗陵王》的咏词完全是效仿典型的北朝乐府民歌，包括里面的用词都可以从北朝乐府民歌里找到根据。《罗陵王》的咏词有不同的版本，现在我用的是藤原师长1192年写的《仁智要录》（日本宫内厅书陵部藏《增补仁智要录》）。书中是这样写的：“阿力胡儿（一作我等胡儿），吐气如电，我采顶雷，踏石如泥。右得士力，左得鞭回。日光西没，东西若月。舞乐打去，绿绿（一作録録）长曲。”“阿力”“士力”都是北朝乐府民歌里常见的语辞。它的内容是什么？这就跟后面要讲到的兰陵王的故事有关系了，在这里先不做解释，我们首先来证明它来自中国。

除了我讲的这四条证据以外，还有一些其他的辅助证据。根据记载，表演《罗陵王》时手里要拿一根木棍，叫作“桴”。但是考察唐代资料可知最早舞者手中拿的应该是鞭子。为什么拿鞭子？鞭子是表示电光的，中国古代把闪电称为“电鞭”，这在中国古代的诗词里可以找到很多根据。此外有关表演的服饰，有“裲裆”“半臂”“接腰”等记录，由于日本保留了资料，关于衣服的形制是可知的，“裲裆”“半臂”“接腰”，这些都是唐代的服装名称。“裲裆”在北朝乐府民歌里可以见到。杜佑《通典》也有记载，武士的舞蹈里都穿“裲裆”。最后关于“兰陵王”为什么写成“罗陵王”，我的搭档户仓教授经过考察后发现，古日语在发“la”音时，没有用“兰”字来记的。另外通过查阅古乐谱发现《罗陵王》还有另外一个名称叫作《没日还午乐》，《没日还午乐》是在兰陵王的故事基础上想象改编的。大家知道《兰陵王》是北齐一个很有名的故事，兰陵王虽然骁勇善战，但敌人看他长相很美并没有威武的感觉，所以并不惧怕他。于是他就在脸上戴了“胄”——是“胄”不是假面——将脸遮住以增加威慑力。有一次兰陵王突破北周军队的包围来到金墉城下，因为戴着面具，城中的人并不确定是敌是友，直到他脱下面具，城中的守卫才开城将他迎入，之后兰陵王成功替金墉城解了围困，战士们写下了《兰陵王入阵曲》。这是历史上的真实记载。这个故事流传到唐代，在《隋唐嘉话》等书中被进一步演绎，已经有了一些想象的成分。

《兰陵王》在唐代非常有名，据说初唐时连宫廷里的一些小孩儿都能够表演。日本的《罗陵王》是在兰陵王的故事基础上改编的，内容情节基本相同：有两个国家整日打仗，一国的老国王去世了，他的儿子继续跟敌对的国家作战，被打败以后，他跑到父王的坟前哭诉说打了败仗，突然听到父王在坟墓里对他说："你不用悲伤，明天你还去打仗，我会帮助你的。"于是王子又接着作战，打到快天黑时，突然他父王的灵魂从墓中飞出变成了一条龙，这时天色变亮，又变回了中午，这次王子打了胜仗。《没日还午乐》曲子名说的就是太阳已经要落山，又回到中午。这实际上是对《淮南子》中鲁阳公挥戈返日的故事发挥想象进行的改编。

根据上面的认知，我们又考察了一些古籍，发现在更早期，《兰陵王》还不是我们所见的单人表演，而且也并非头上带龙或是画成龙的样式，而是一种名为武士面的面具。龙应该是王子的父亲化龙助其打仗时带的，前期他还是正常武士的样子。但关于《兰陵王》的舞蹈，到现在只留下带龙面的表演，最初怎样表演已经不能察知了。由此可以推想，早期的《兰陵王》有一定的故事情节，已经包含了戏剧的因素。我们知道北齐是龟兹乐非常发达的时期，《兰陵王》很可能经过了龟兹乐人的改编。如果把《兰陵王》看成是已经含有戏剧因素的歌舞戏的话，那么它的形成时间还可以从唐代再往前推，现在看来北齐可能是更重要的时期。关于《兰陵王》的文章发表在《唐研究》上，可能很多读者不一定能够关注到，它不是常见的刊物。

接下来我们来讨论《青海波》和《苏莫遮》，这是今年发表的两篇论文的主要内容，由于考证的过程极其复杂，我在这里不详细展开，只讲基本的结论和最重要的证据。

《青海波》也是日本非常重要的舞蹈。李白《东山吟》讲“酣来自作青海舞，秋风吹落紫绮冠”。他的好友魏颢在《李翰林集序》中说李白有时携着两个妓女，行迹像大谢一样，“世号为李东山”，到哪里都有俸禄为两千石的地方官员去欢迎他，宴饮喝醉之后他就会让“奴丹砂抚青海波”，就是让家奴弹奏《青海波》，可见李白是很喜欢《青海波》这个音乐舞蹈的。“青海波”作为舞乐的名字，在中国古代音乐文献里没有记载。

我们先看看下图中这个舞蹈的基本样子。

图一　青海波（一）

图二　青海波（二）

《青海波》一共有四十个人跳舞，前面是主要的舞者，后面这些人称为“垣代”，指的就是站在舞者后面的乐人，实际上有三十六个，图幅限制没能一一画出。日本古乐籍和当代乐籍里都有《青海波》的记载，它往往是和《轮台》连在一起，作为一套舞乐来说明的。《青海波》在日本之所以特别有名，在于它是《源氏物语》的代名词。大家知道《源氏物语》是日本非常重要的一部小说，其中就有红叶飘飘，乐人在此间演奏《青海波》，深深感动了在场观众的情节。人们普遍认为《青海波》最集中体现了平安王朝的风雅文化，所以现在日本出产的很多工艺品都会画上《青海波》的图案。

《青海波》在日本如此有名，那么它到底是来自中国的还是日本仿作的呢？这个问题一直没有解决。目前大体上有三种意见，第一种认为《青海波》和《轮台》本来都是青海地区的民族歌舞。这个看法是正确的，但是没有提出太多的证据。第二种是英国剑桥大学的L. E. R. Picken博士提出的，他60岁以后才开始研究东亚音乐，在这方面造诣颇深，关于日本雅乐，包括唐乐舞相关的研究，他曾是主要带头人。在他去世之后，他的学生现在已经成为欧美地区研究唐代宫廷音乐的主力。他们出版了很多书，有一套《唐朝宫廷的音乐》，我看到的就有七大册，如果同学有兴趣从事这方面研究，是应该看的。Picken博士认为《青海波》是受印度影响的西域地区的民族舞曲，是由中国传到日本的。第三种是岸边成雄博士提出的，他主要研究唐代的乐舞制度，也是一位权威的日本学者。他认为《轮台》是中国文献上有记载的一类，而《青海波》他推定是日本作曲的一类。

那么我们的意见是怎样的？这就要从《轮台》和《青海波》的舞乐结构和咏词说起。关于舞乐结构，只要看《轮台》就知道《青海波》，因为两者结构相同。具体来说，表演《轮台》时，先是四十个舞人排好队挥着右袖上场围成一圈，围好之后，前面两个跳舞的人在圈子里把垣代的服装脱掉，穿上《轮台》的服装，服装穿好后圈子就散开，两个舞人从圈子里边跳出来，垣代就在后面排成笔直的队列，就是我们刚才看到的图像。两个舞人直立，后面的垣代要唱歌，这是一种没有固定拍子的曲子，再接着要读歌词、唱歌。这里的唱歌跟我们现在所说的唱歌不同，是一种不含意义的哼唱。垣代和后台同时在演奏。《青海波》的表演程序基本上和《轮台》一样，只不过在圈子里舞人换上了《青海波》的服装，在乐曲的旋律上有一些差别。我们注意到这两个舞蹈中有几个很特殊的表演因素。第一个是有咏。第二个是有唱歌。第三个是舞人以外还有三十六个人形成的垣代。第四个就是垣代当中弹奏琵琶的几个乐人是将琵琶挂在脖子上演奏的。第五个是垣代带了一种名为反鼻的小舞具，在舞人唱歌的时候，他们就一起打拍子。我们考察这几个特殊的表演因素，大体上就能判断这个舞到底是从哪里来的。

再来看咏词。《轮台》的咏词，我在这里也引用《仁智要录》，因为书中收录的《明暹横笛谱》是比较古的版本。从内容风格来看，《轮台》咏词显然来自于胡歌。

第一咏是“千里万里礼拜，奉敕安置鸿胪”。第二咏是“我是西蕃国信，三郎当持金鱼”，“当持”应该是“常赐”。第三咏是“燕子山里食喰，莫贺盐声平回”。第四咏是“共酌蒲桃美酒，相把聚踏轮台”。这里有几个值得注意的内容。“燕子山”是地名，就是现在的焉支山，位于甘肃的永昌县西。“莫贺”就在唐代的北庭府，常任侠先生已经考证过，就在今天的新疆。他举了慧立《大慈恩寺三藏法师传》里“五峰之外，即莫贺延碛、伊吾国境”，伊吾指的是哈密这一带。张鷟的《朝野佥载》里讲道：“龙朔以来，人唱歌名突厥盐。”“盐”其实就是当时的胡歌，这句就是讲突厥一带的歌曲。我们知道《羯鼓录》里很多曲子都是以“盐”命名的，像《要杀盐》《鱼鸟岭盐》《突厥盐》《大秋秋盐》等等，所以初步可以断定咏词中的“盐声”指的就是胡歌。另外，“相把聚踏轮台”意为大家手把手抓住胳膊进行踏歌活动，讲的就是踏歌时的情形。那么这里“三郎”指的是什么？三郎就是唐玄宗，唐代的笔记里多称唐玄宗为三郎。“西蕃国信”即西蕃国的使者。

这样整首咏词的意思就比较明白：歌词唱的是他以外

国使臣的身份，从千里万里以外来唐朝朝拜，根据朝廷的命令被安置在鸿胪寺，也就是接待国外客人的地方。到来以后，三郎曾经赐予他金鱼。大家知道唐代有赐官员金鱼和银鱼的做法。后面两句就讲这位使臣来自西方燕子山和莫贺这一带，他在这里吃饭、唱歌，与大家畅饮，然后一起踏《轮台》，当然也是在讲舞蹈的意思。《青海波》的咏词跟这个不一样，《青海波》的咏词各种版本的讹误非常多，错误比较少的还是《明暹横笛谱》。经过考据，我们认为比较正确的版本应该是："桂殿迎初岁，桐楼媚早年。剪花梅树下，蝶燕画梁边。"这首诗可以说每一个词都能在唐诗中找到出处，虽然不一定有完全一样的诗，但都是唐诗里最常见的一些用语。在咏词的内容上，《青海波》显然与《轮台》完全不同，《轮台》讲的是边塞的人来礼拜唐朝，《青海波》写的是长安的春天，这两者是怎么放在一起的呢？实际上在唐代的近代曲辞里，如《伊州》《凉州》《陆州》等大曲，都是用边州名称作为曲名的。从流传下来的曲辞来看，很多都是描写长安春天的。为什么呢？因为时人认为边塞苦寒，所以往往和长安的春天来比照，以表达游子思妇的相思之意。《青海波》留下来的这几句咏词，其实就跟《凉州》等大曲的内容是完全一样的。所以从咏词可以初步判定，《青海波》和《轮台》都是来自中国的。

接着我们来讨论一下垣代的问题。首先要弄清垣代与踏歌的关系。日本的古代宫廷和民间都有踏歌，户仓教授对日本的男踏歌、女踏歌、宫廷踏歌、民间踏歌都做了一番非常详细的考察，最后得出的结论是日本踏歌的表演结构与中国是完全不同的，虽然它可能也会受到中国的影响。踏歌是一种古羌人的乐舞，在现在西北、西南一带分布非常广，像现在新疆的维吾尔族，甘肃的氐羌族后裔，川滇地区的苗族、景颇族、纳西族、彝族等都流行这样一种集体的连臂舞，对这种舞有很多称呼，如大拉手、小拉手、羊毛锅庄、沙朗（羌族锅庄）等。呼和浩特还出土了北魏乐舞俑群，与《轮台》《青海波》的表演很像，这些人围成半圆形，中间是一人独舞，虽然与《轮台》《青海波》中两人起舞不同，但乐舞在整体形式上是非常相似的。另外，《隋书》里也记载了北周时皇帝很喜欢踏歌，“（周宣帝）与宫人夜中连臂踏蹀而歌”。《北史・尔朱荣传》里就讲道：“日暮罢归，便与左右连手踏地，唱《回波乐》而出。”可见北朝时踏歌的风气是很盛行的。所以我们认为像垣代这种中间围绕的形式，实际上更接近中国古代羌人舞蹈即踏歌。

再者就是垣代所用“悬琵琶”和“反鼻”的问题。根据《胡琴校录》和《杂秘别录》的记载，垣代弹琵琶时，要在琵琶上系带子，以便将乐器挂在脖子上。这种做法非常奇怪。日本琵琶的两大流派——萨摩琵琶和筑前琵琶中都没有“悬琵琶”弹奏的，这种演奏方法在日本传统乐舞中也未见到。还有些资料讲的是在跳《青海波》和《轮台》舞时，一些传统的宫廷乐人，不愿意挂琵琶，他们认为这种做法很奇怪，以前从来没有这样弹奏过。

但是藏族的扎木聂、傈僳族的四弦琵琶、维吾尔族的热瓦普，都是把带子挂在右肩上来弹奏的。与悬琵琶相同，把带子挂在脖子上弹奏的弦乐器有彝族的三弦、布朗族的小三弦、普米族的四弦琴。此外云南楚雄彝族自治州永仁县直苴村举行赛装节时，弹奏的四弦琴也是挂在胸前的。我们考察了所有跟古羌族有联系的这些民族，都有类似于“悬琵琶”的演奏方式。

关于反鼻，我们在前面已经提到，它是唱歌时垣代用来打拍子的器物，一般长30厘米，由白木制成，另外有“返鼻桴”，即打返鼻的棒子，也是白木制。乐书大都不把它当作乐器，而归入舞具。羌人踏舞是以“拨”来打击器物作为节拍的，在宋人陈旸的《乐书》里就有记载。新疆有一种双牛角，是把两支牛角尖的一端粘在一起，用类似于筷子的东西来敲击。日本为什么称它为反鼻呢？在日本雅乐《胡德乐》中，舞人带的假面，鼻子是可以活动的，在人的脑袋一前一后晃动时，这个鼻子就可以打拍子。根据这样一些证据，我们初步推定，这个反鼻的原型是中国西北少数民族击缶和击牛角之类的打击乐器。大体上可以判断，《轮台》和《青海波》这样两个曲子连在一起的创作应该都来自所谓西蕃国。

那么这个西蕃国究竟是什么国呢？我们前面讨论咏词中的燕子山时，知道甘肃南部、青海北部这一带是吐谷浑最早兴起的地方。莫贺城在新疆的阜康市东，正是唐代轮台这个地方，莫贺延碛就是现在的新疆哈密市以南的沙碛。也就是说，从甘肃的山丹县南一直到新疆的阜康这一带，就是咏词中包含的地区。“莫贺”是吐谷浑的特殊语汇，吐谷浑称父亲为“莫贺”，刘宋时白兰羌“治莫贺川”，是羌这一带的特殊语汇。

盛唐时，吐蕃封吐谷浑王为“莫贺吐浑可汗”。吐谷浑的王室是鲜卑族的慕容氏，其统治的百姓主要是羌人，所以当时中原王朝授予吐谷浑统治者的官爵当中，往往加上“护羌校尉”的称号，现在新疆一些地名仍然带着“羌”字，与这个也是有关系的。我们知道青海和轮台距离非常遥远，可是《轮台》咏词里提到的“燕子山”却与青海紧邻，在唐玄宗时期，能够把轮台和青海联系在一起的“西蕃”也只有吐谷浑的羌人。到晚唐时期，伊州（今哈密市）还有羌人一千多人，至于青海、甘肃一带，更是羌人各部落的主要生活区域，党项羌到宋代甚至还建立了西夏王国。

所以我们初步推定，这个西蕃国指的应该是吐谷浑。

但这里存在一个问题，根据史书记载，吐谷浑在玄宗以前就已经被吐蕃灭国了，怎么还可能在玄宗时派出“西蕃国信”呢？我们发现史学界对这个问题其实是有争论的。刚才所讲依据的是新、旧《唐书》的记载，现在根据敦煌遗书中一些汉藏文书片段，可以推测吐蕃占领吐谷浑以后，保存了吐谷浑政权的形式，设“吐谷浑王”来统治各部。有一部分历史学家就根据敦煌藏文写本《吐谷浑纪年》残卷，提出这样的看法：吐蕃所立的吐谷浑王，是和吐蕃王室联姻、自称外甥的一支，是作为吐蕃的小邦王子而存在的。这个吐谷浑小王的称号应该是“莫贺吐浑可汗”，这个称号可能一直延续到8世纪末至9世纪。他的领地大概东起黄河河曲，西到现在新疆的若羌，北到祁连山，南与河西、陇右相接。到9世纪，吐谷浑可汗一直存在于沙州和鄯善之间。这在敦煌汉藏文书和新疆的出土木简里都能得到证明。实际上吐谷浑和唐朝一直有往来，直到安史之乱刚平定的时候，仍然是以独立政权的形式和唐朝交往的。吐谷浑是擅歌舞的部落，唐代乐府中保存有北朝传下来的吐谷浑音乐，唐玄宗的时候舞马就是吐谷浑进献的。

由以上的考证我们就能够得出结论，天宝后期《伊州》《甘州》等大曲流行长安，用作曲名的这些地区，均属于吐谷浑部落活动的范围。《青海波》和它们一样，也用吐谷浑活动的地区的名称做了乐曲名，而且舞乐结构、表演形式和《轮台》完全相同，咏词与《伊州》《陆州》《石州》类似，都以描写长安的春天来映衬边地的苦寒，基本上可以确认《青海波》和《轮台》都是唐玄宗时期来自吐谷浑部落的乐舞，吐谷浑进献后经过唐朝宫廷的加工润色，成了连在一起表演的大曲。

最后我们说一下李白为什么喜爱《青海波》。第一个原因，大家知道李白祖上就居住在河西地区，与羌族混居。后来李白的父亲携其入蜀，居住在蜀之西北部绵州昌隆县，和羌族地区也很接近，所以他受到了羌族文化的熏染，这是南京大学周勋初先生提出的看法。第二个原因，由于这两个乐舞都是经过加工的大型宫廷乐舞，李白能够看到这样的表演，应该是他在宫廷供职的三年期间提供了客观的条件。第三个原因，如前面所讨论的，《轮台》《青海波》反映了唐朝和西蕃的友好关系，表现了向往和平的感情。天宝时期，轮台和青海正是战事频繁的地区，李白在他的诗里反对哥舒翰攻打青海，喜爱《青海波》应该说是自然流露了他关注边塞的心事。

接下来我想讲一下第三个曲子《飒摩遮》，又称为《苏莫遮》。

关于《苏莫遮》的由来和它的原貌，一直是东西方学者关注的难点。我们试图在辨析前人已有成果的基础上，从考察慧琳所说“苏莫遮”的娱乐方式的全部要素入手，来窥探唐代《苏莫遮》曲的原貌。首先来看一些基本的资料。唐代关于“苏莫遮”的基本文献资料很少，在唐中宗神龙二年并州吕元泰的疏文中，我们注意到他提到了“苏莫遮”的几个特点，比如“浑脱队，骏马胡服，名为苏莫遮”，还说“军阵之势，战争之象”，另外还讲到“裸露形体，浇灌衢路”，提及了泼水，最后说“鼓舞跳跃，而索寒焉”，这种娱乐活动大致就包含这样几个要素。

张说有《苏摩遮》歌辞五首，除了最后一首是祝寿，前面四首都涉及这一娱乐活动。第一首讲的是“苏摩遮”穿的都是琉璃宝服，服装很华丽，有歌舞的内容。第二首也讲到这一点，后面半首讲的是泼水。第三首、第四首也是讲的泼水，泼水好像是“苏摩遮”的主要特点了。所以很多学者认为所谓泼寒胡和苏莫遮是一回事，主要也是根据唐人的这个记载。

但是，慧琳的《一切经音义》解释《大乘理趣六波罗蜜多经》专门有一段话来解释什么是“苏莫遮”。“苏莫遮，西戎胡语也，正云飒磨遮。”“正云”指的是梵文应该读“飒磨遮”。“此戏本出西龟兹国，至今犹有此曲，此国浑脱、大面、拨头之类也。或作兽面，或象鬼神，假作种种面具形状。”第一个特点是戴面具，而且多为动物面具。第二个特点就是“或以泥水沾洒行人”，注意是沾洒，不是泼水。第三个特点是“或持羂索搭钩，捉人为戏”。第四个是说“每年七月初，公行此戏，七日乃停”。每年七月初，要连演七天才停止。举行这个活动做什么？“土俗相传云：常以此法禳厌，驱趁罗刹恶鬼食啖人民之灾也。”就是说用这种办法驱鬼。此外段成式在《酉阳杂俎》里讲到龟兹国有“婆罗遮”，描述和慧琳差不多，也是要连续表演七天，而且是“并服狗头猴面，男女无昼夜歌舞”。他还讲到“焉耆国元日、二月八日婆摩遮”，就是说新年这一天或者佛诞节举行这个活动。“婆罗遮”和“婆摩遮”到底是不是一回事？向达先生认为“婆”是“娑”之误，所以“婆摩遮”就是“娑摩遮”。这个讲法也很能说得通，所以没有人提出异议。在《教坊记》《唐会要》里都有“苏莫遮”的曲名，敦煌卷子里也有《大唐五台曲子五首》“寄在苏幕遮”的名称，日本文献中的很多乐书在盘涉调里也载有“苏莫者”这个曲子。

我们现在先看一看中外学者研究的思路和争议在哪里？岑仲勉先生认为，泼寒胡戏是从波斯来的，用以供奉浑脱神。但是他又表示怀疑，说“苏摩遮”似乎是供奉苏摩神的时候唱的，和泼寒胡不完全是一回事，但也没有得出确切的结论。日本的那波利贞说“苏莫遮”指的是撒马尔罕（萨末鞬或飒秣建，即康国）的歌舞乐曲，他认为这是地名的对应。

德国学者Hans Eckardt在1953年发表了《苏莫者考》，他认为sa-mo-che（飒磨遮）指的是梵文的samāja和巴利语的samajja，这个词指一般意味的集会或兼有祭祀性的集会。samāja的吐火罗语型可能是sa-mo-che发生的原型。他推想这种祭祀是“Shiva神（湿婆）的祭礼，是一种伴有音乐舞蹈的群众性的高地崇拜”。我觉得他这个看法对我们是最有启发性的。龟兹研究学者庆昭蓉女士认为：“以吐火罗语现有知识而言，苏莫遮也是殊不可解。”另外她认为，“婆摩遮”和“婆罗遮”之间恐怕不完全是一回事，其异同还要等待详细考证。她这个看法我觉得也是很有道理的。慧琳关于“飒磨遮”的说明当中，两次提到了“戏”字，显然是一种带有“禳厌”性质的公众戏乐活动。根据德国学者提出来的这个看法，假如说samāja解释为公众集会或兼有祭祀性的集会，正可以启发我们的思路。既然很难找到非常确切的对音，加上对古音也并不是非常了解，那我们是不是可以转换思路？梵文有samāja这个词，那么就应该去看一看印度教的祭礼当中有没有类似于慧琳所描写的“飒磨遮”的娱乐方式。我们的研究主要是从这个角度去做的。

但是关于公元7世纪印度的历史，几乎没有原始文献可以查找。18世纪以来，印度、日本、德国、英国等海外学者主要是结合了神话传说、往世书文献、叙事诗，通过考察大量的印度教石窟造像和现代印度教仪式活动的遗存风俗，来研究古代印度教的历史。当代日本学者更采用了历史人类学的研究方法，把调查范围扩展到了曾经盛行印度教的其他南亚国家，对印度教每年的祭祀性节庆集会进行了系统的梳理。中国学者近年来也在印度教研究和西域研究方面取得了值得重视的进展。这些丰硕的研究成果是考察印度教的祭礼、节庆风俗与“飒磨遮”关系的主要依据。

在多种印度教祭礼当中，我们注意到有两种女神祭和慧琳所讲的“飒磨遮”“七日乃停”“男女无昼夜歌舞”“腾逐喧噪，战争之象”的活动方式比较接近。一种是在公历的十月、十一月间举行的Shyāmā-Puja，这是祭祀杜尔加女神（Durgā，意译为“难近母”）的一种祭礼。还有一种是以祭祀杜尔加为主的Samipuja，这个祭礼是在Asvina月（公历九月到十月）举行，主要是为了庆祝杜尔加和恶魔大战九天后取得胜利，歌舞活动连续进行十天，汉语翻译成“十胜节”，是印度一年当中最大的节日。

女神杜尔加具有强大的除妖降魔能力，她一直是母神崇拜一派的主神，就是所谓大天之母、世界之母、始初萨克蒂（至高性力女神）。后来她又被认为是湿婆的妻子雪山神女的化身。她有很多别名，主要有善、恶两种相貌：现身为杜尔加的时候，身体是黄色的，相貌美丽，骑着猛虎，威风凛凛；现身为卡利女神的时候，肤色黝黑，相貌非常丑恶，嗜血持刀，而且身上挂了很多骷髅作为装饰。杜尔加通常的形象是恐怖的，喜欢酒肉和牺牲，有残暴的威力，好战能斗，要吸食敌人的鲜血，征服过和她作战的魔族。当她被称为卡利的时候，在这个神名下的女神崇拜就特别恐怖。

十胜节有两种纪念方式，不同地域存在一些差别，但这两种方式常常混在一起。一种就是纪念杜尔加的，在寺院里或者大户人家的院子里竖起杜尔加女神像，用绚丽的衣服装饰，让信徒来礼拜。此外还有礼拜sami树的仪式，这和印度的叙事诗《摩诃婆罗多》有关。除了盛大的纪念仪式外，还有余兴表演，特别是和战争有关的枪炮、象、马，受到武人种姓的崇拜，会有相关的大规模游行活动。另一种是纪念罗摩大神的，罗摩战神的故事来源于印度的另外一部叙事诗《罗摩衍那》。具体的纪念方式是在广场上玩罗摩的游戏，一方用积木做成恶魔Ravana（罗婆那）的形象，另一方扮成猿军和罗摩，放箭燃烧恶魔，救出被恶魔关起来的罗摩妻子Sida（悉达）妃。其中名为哈曼奴的神猿形象在这种纪念方式中特别突出。

基本了解了女神祭的情况，下面我们就把慧琳所说的“飒磨遮”娱乐方式和印度教女神祭的关系做一些对应的研究。

第一个特点，即慧琳所说的“或作兽面，或象鬼神，假作种种面具形状”。我们在日本大谷探险队从库车收集的七世纪龟兹彩绘舍利盒（现藏东京国立博物馆）的圆形盒体上的舞人图里，就可以看到这样的形象。在盒体的彩绘中，能够比较清楚地看到有舞人戴着老虎假面，手中持杖，旁边有几个人围绕着他，后面有七八个奏乐的人，前面是一群跳舞的人，也带有假面，有的披着画有虎豹纹的毛皮衣。

19世纪初英国人W. J. Wilkins曾写过一本书——《现代印度教》，在书中他描绘了亲眼看到的卡利祭祀的游行场面，游行队伍里有一些几乎全裸的男孩，全身从头到脚都画上了豹子和老虎的图案，另外还有一些人会打扮成类似酒神节里神的样子，带动物的假面。为什么要画豹子、老虎的图案？由一些文献可以知道，以老虎或者牡牛作为乘骑，身上缠着虎皮，手中持杖，这是《摩诃婆罗多》里湿婆神的形象。湿婆教的神是男女神合一的，所以卡利女神身上也会裹虎皮。

第二个特点是“或以泥水沾洒行人”。在秋季的女神祭里，也有洒水的仪式，在祭礼当中要用水壶给游行的象和马进行沐浴。这项仪式的来源是往世书——恒河将从天上落到地上，湿婆用他的头来接受其强力，作为严酷的苦行，所以就要举行这样洒圣水的仪式。

第三个特点就是慧琳所说的，也是最难解释的“或持羂索搭钩，捉人为戏”。我差不多查了两年资料才弄清含义，主要根据的材料是18、19世纪一些印度和英国学者的著作。这些著作并不是专门写祭礼的，只记录了祭礼过程中的一些见闻。将这些内容综合起来看，在祭祀杜尔加女神的寺庙里就有类似于慧琳所说的这种游戏。从印度学者Dubois的《印度的风俗习惯和祭祀》、Wilkins的《现代印度教》，还有日本学者田中雅一的《供牺世界的变貌——南亚细亚的历史人类学》等书中，我们可以探知这是一种什么样的风俗。根据他们的描写，祭祀杜尔加的寺庙进门处有像绞架一样的装置，上面装有滑轮和绳子，到祭祀的时候，就有甘心出来作为牺牲物的人，人们把他吊起来，祭司会拍打他身上多肉的地方直到拍麻木为止，然后用钩子插入他的肉中将人吊起来，这样吊起来当然很痛，但他不能表现出来，还要在上面开各种玩笑，逗下面的观众开心。田中雅一书上的一幅画描绘的正是这样的场景：作者画五个人作为观众的代表，他们抬头观看被吊起来的人表演，被吊的人则手持棒子敲击圆的器物。在实际情况中，吊到一定的时候就把人放下来，可以想象，这个时候他身上当然有伤，但是这个人会掩着衣服，带着胜利的笑容回家。

根据Wilkins的说法，现在吊人的做法在印度已经被禁止了，但这一风俗仍然保持着，被吊的不再是人，而是一捆衣服或一只山羊。而在斯里兰卡，是用绳子把人的四肢吊起来。我仔细看田中雅一拍的照片，好像也有几只钩子挂在身上，说明在受印度教影响的某些地方保留着这种风俗。这样“持羂索搭钩，捉人为戏”就可以得到解释了，这样的做法与女神祭应当是有关系的。为什么？因为杜尔加女神杀死了水牛恶魔，要打它的背，吸它的血，把它吊起来，在纪念杜尔加女神时，人就自己假扮成恶魔，作为牺牲物来表现这样的情景，于是就产生了这样一种表演。

第四个可以对照的特点就是“旗鼓相当，军阵之势也；腾逐喧噪，战争之象也”。这一点我们也可以根据日本学者和刚才讲的几本书的研究，把它们综合起来讨论。在女神祭里，有一种类似角斗的游戏。参加这种争斗的往往是一些接受过竞技训练的人，战斗的时候几乎是全裸的，先以威胁的姿态舞蹈，然后猛烈地打击对方的头部，像野兽一样相互撕扯，虽然不会真正伤到对方，但打起来还是很激烈的。这与吕元泰所说的“裸露形体”“鼓舞跳跃”的“军阵战争”情况基本相符合。

另外，“锦绣夸竞”的“骏马胡服”，“绣装花冠”的“夷歌骑舞”，描写的都是很华丽的场面。日本学者永尾新悟在专门考察秋季女神祭的论文中根据往世书的记载进行了调查，他注意到当时游行队伍里王所骑乘的象和马，非常华丽，装饰有五色丝带做的纽，还有各种旗帜、大鼓、乐器、刀枪和装饰，午后还有很多山车巡行。

第五个特点就是“婆罗遮，并服狗头猴面”。这里就要提到“狗头猴面”的问题，狗、猴也和湿婆女神有密切关系。贝纳来思的杜尔加寺别名猴庙，每天给猿喂食是该寺的仪式之一。湿婆的凶恶相是与狗有关的，所以这两种动物在假面当中比较突出。目前我有些怀疑但还不能肯定，十胜节的两种纪念方式中猿猴的角色比较重要，孩子们扮演猿军与恶魔战斗，是在模仿《罗摩衍那》中神猴哈奴曼帮助罗摩战胜恶魔，神猴角色似乎比女神祭里更重要一些。尤其是后来我们看到日本的《苏莫者》里，跳舞的主角身穿代表金色猴子的服装，表现的正是神猴哈奴曼的样子。所以我很怀疑“婆罗遮”和“飒摩遮”最早不是一回事，可能在当时它们已经混在了一起，传往西域后肯定更是如此，所以才会有记载看起来差不多，实际上有分别的情况出现。

第六个特点是时间。慧琳说每年七月初要举行七天。我们知道十胜节是在印度历的七月初举行，正是印度的新年，也就是现在公历的九月到十月。慧琳所记的七月初和印度的十胜节在七月之始举行，在时间上是完全一致的。所以我们猜想，龟兹“飒磨遮”的举行时间很可能是以龟兹历的七月来对应印度历的七月。但我现在对历法没有研究，不知道在唐朝时龟兹历和印度历的对应关系怎么样，还缺乏进一步的研究。另外，十胜节是连续庆祝九夜十天，比“飒磨遮”的“七日乃停”多了三天，但都是“男女无昼夜歌舞”。“焉耆国元日、二月八日婆摩遮”，说明龟兹和焉耆国在元日都举行“婆罗遮”，“元日”和印度的新年也是对应的。

第七点，慧琳说“土俗相传云：常以此法禳厌，驱趁罗刹恶鬼食啖人民之灾也”。杜尔加女神祭本身也是庆祝她除掉水牛恶魔的胜利，也是一种驱恶魔的仪式。那么它传到龟兹国去，转变成驱除罗刹鬼，也是可以理解的。

从以上各个方面的对照来看，祭祀杜尔加和卡利女神以及湿婆的宗教节庆活动，具备了“飒磨遮”的全部要素。所以，要考察“飒磨遮”的来源，在没有办法用对音的方法来求证其语源的情况下，寻找此戏所包含的全部娱乐形式的由来，也不失为一种研究的途径。

但还有一个问题：龟兹是小乘佛教的国家，怎么能够证明龟兹国的“飒磨遮”受到了印度湿婆教的影响？公元7世纪，西域各国是不是存在印度教的传播，这还是很新的课题。龟兹是不是流行密宗，现在学术界也存在争议。我是这样看待这个问题的：湿婆教的祭祀仪式往往和多姿多彩的节庆活动融合在一起，这类节庆娱乐作为一种民俗文化，比印度教的教义更容易传播。也就是说，西域民众有可能在还没有充分理解和信奉印度教的情况下，先接受某些民间崇拜形式的输入，特别是这种容易被人接受的群众狂欢式的娱乐活动。所以我们首先要考察的是，当时湿婆崇拜的影响是不是曾经到达过和阗、龟兹地区？这是最关键的问题。

我认为可以从以下这几个方面来讨论。

第一，可以从时间和地理位置来看7世纪湿婆教在北印度的势力。印度的女神崇拜是在公元6、7世纪的时候兴起的，在Bengal地区最为流行，主要包括北印度的恒河流域主平原、孟加拉东部的一部分区域。《大唐西域记》是比较可靠的资料，从时间上它正与这个时期对应，书中有很多“天祠”的记载。季羡林先生领导的注释班子一致认为“天祠”指的就是大自在天的寺庙，而大自在天就是湿婆神。

比较有意思的是，慧立的《大慈恩寺三藏法师传》中特别讲到玄奘还遇到过一次被信奉杜尔加女神的贼徒们劫持的故事。玄奘和八十多个人一起坐船，正在恒河上游走时，突然有十几条船过来将他们围住了。原来这些人都信奉突伽天神（杜尔加女神），每年秋天都要找长得漂亮的人，把他杀了以后取肉和血来祭祀杜尔加。他们看到玄奘长得很伟丽，就要把玄奘绑走——《西游记》里时常讲到唐僧被绑也是有根据的。这个故事很能说明问题，即在玄奘到达印度的这一时期，恒河流域信奉杜尔加女神的势力已经很大了。此外，我们还可以举出很多相关资料，季羡林先生在《大唐西域记》的注释里，曾经列了很长的表格，将当时佛教和印度教的势力做了对照。从表中可以清楚看到，玄奘到印度时佛教势力已经衰落了，而印度教尤其是湿婆教正是方兴未艾。

玄奘所记的几条材料我觉得特别值得注意。从地理位置上看，特别靠近和阗的就是健驮逻国，据玄奘的记载，健驮逻国的天祠达"百数"。当地习俗是"多敬异道，少信正法"，即信奉佛教的人少。这个国家中"跋虏沙城"东北"山有青石大自在天妇像，毗摩天女也"，根据季羡林先生的说法，大自在天妇就是杜尔加女神，意译为"难近母"。当地人说这个像是从来就有的，远近各国都很信奉，经常来祭祀，所谓"贵贱毕萃，远近咸会"。另外还有迦毕试国，它位于当时印度和中亚联系的主要通道上。在迦毕试国中，湿婆教非常流行。书中记载，迦毕试国"天祠数十所，异道千余人，或露形，或涂灰，连络髑髅，以为冠鬘"。露形的异道属于印度教耆那派，涂灰外道则是湿婆派的。涂灰外道为了表示他们信奉湿婆神，身上戴的东西都是用骷髅做的，身上抹的灰都是火葬场里的尸灰。《三藏法师传》里也讲到"髅鬘之类，以髅骨为鬘，庄头挂颈"，那么这个"鬘"字怎么解释呢？王力先生的《古汉语字典》

认为“鬘”是根据梵文翻译过来的，意为串起来的璎珞。实际上他们戴的就是骷髅骨串成的项链。这种形象在印度石窟寺里的女神身上是很多见的，这是湿婆教信徒的特征。书中对于婆罗吸摩补罗国的记载也值得注意。它和吐蕃、于阗相邻，也有很多天祠。可见在玄奘经过这些地方的时候，湿婆教的势力已经到达了和西域接壤的地方。

第二，从文献记载来看，龟兹国和于阗究竟有没有受到湿婆教势力的影响？关于这个问题，也应该留意《大唐西域记》的记载。在讲到屈支国时，书中提到“国东境城北天祠前有大龙池”，这里也有天祠。但一些做注解的专家表示怀疑，他们不太相信那时大自在天的天祠已经建到了龟兹地区。所有的天祠都与湿婆教相关联，唯独这一条，他们认为应是祆教的寺庙，古龟兹曾经信奉过祆教，但这只是推断。联系其他材料来看，我认为这个“天祠”就是一般的大自在天天祠，不应该是其他的意思。另外还有瞿萨旦那国（今和田），有一个传说特别有意思。讲的是该国在建国时首先要修建城墙，当时来了一个涂灰外道，背着大瓠，瓠中盛满水，他用瓠画了一圈，告诉当地人可以沿画出的线来修城墙。后来都城的城墙就是沿着涂灰外道画出的痕迹修建起来的。虽然这只是个不可考的传说，但玄奘将它记录下来，至少说明在和田这个地方，印度教曾留下了一些影响，人们对这件事情有印象，传说才会流行在民间。

第三，从考古成果来看，现在有不少在龟兹、和阗发掘出来的，与湿婆教相关的文物。比如莫高窟的西魏第285窟中有印度教象头神的画像，象头神是湿婆神的儿子。我们刚才看到的龟兹的舍利盒也是重要证据。另外，还有和阗出土的铜铸湿婆像。斯坦因的《西域考古记》也提到，和阗策勒县丹丹乌里克寺院里发现一块画板，画板上画着印度式的三头魔王，身上肌肉都是暗蓝色的裸体。腰下面系着虎皮，交叉的两腿下面是两头牛像，但他不知道是什么，认为与印度密宗的神道相像。根据研究印度教的著作和图像资料综合来看，裸体，暗蓝的肌肉，以牡牛作为乘物，腰里系虎皮是湿婆的一种典型造像，前人已经考证这块画板是7世纪的物品，可见这正是湿婆教留下的遗迹。

还值得注意的是，很多考古学家提到和阗约特干出土了一批动物的陶像，数量最多的是猿，而且很多是在奏乐的猿。这个猿的特点是性器的夸大，我们知道自在天的最重要的特点就是性器崇拜，所以从造型特点可以看出这批小猿不属于佛教，而是与印度湿婆教的信仰有关。目前能够确证载有印度教内容的文物是新疆洛浦县山普拉乡发现的五张人物栽绒毯，美国新泽西大学张禾对毯子中于阗文字、画面的内容和艺术表现形式都做了非常详细的考察。他的结论是，这个毯子的制作年代是在公元4世纪中叶，和阗以及楼兰地区不但有印度教传播的土壤和条件，而且存在过印度教小区。印度教传入的时间应该以贵霜和笈多时期的可能性为最大，传播路线以克什米尔为主要通道。

根据以上这些分析，我们判断“飒磨遮”的各种娱乐方式，都是来源于印度教的女神祭。虽然现在不能肯定当时印度教究竟在和阗、龟兹地区到底影响有多大，但是根据我们了解的这些文化遗迹，至少可以初步肯定，印度教的影响曾经到达过西域。所以，作为一种民俗的娱乐方式，它影响到龟兹这个国家是丝毫不奇怪的，更何况在传入龟兹以后，它的内容也发生了变化。本来是女神战胜恶魔，后来变成了驱除罗刹鬼，内涵就被重新解释了。以上就是关于“飒磨遮”的基本情况，我们得出的基本结论是：“飒磨遮”本来是大型娱乐活动，并不是成型的乐舞；它来源于印度教的秋季女神祭。

在唐人的记载当中，“苏莫遮”“乞寒胡”和“浑脱”这三者是混在一起的，我们再来对此做一些分辨。

关于“苏莫遮”的表演样式存在各种意见，有人认为“苏莫遮”是舞曲的乐曲名，伴随表演的舞蹈是“剑器浑脱舞”一类。有人认为“苏莫遮”就是“泼胡王乞寒戏”。还有意见认为“苏莫遮”是一种踏舞、踏歌。另外，有学者把“苏莫遮”当作是旋律风格相近、同源不同调的三部异曲的总称，其中只有一部是泼寒胡戏的歌曲。

首先区分一下“乞寒胡”和“苏莫遮”。乞寒胡在北周的时候就已经在史书上有记载了，泼寒胡戏在开元元年已经被唐玄宗下诏禁止。到了天宝十三载，太乐署供奉的曲名当中却还有《苏莫遮》，而且有三种曲调，所以这两者应不是同一种游乐。之所以混在一起是因为“苏莫遮”里有洒水的内容，而“泼寒胡”也有泼水，在这一点上非常容易混淆。

其次来分辨“浑脱”和“苏莫遮”。慧琳给“飒磨遮”的定义就是“此国浑脱、大面、拨头之类也”，它是浑脱这一类的，大家都同样戴着动物的面具。浑脱舞在日本保留下来了，所以日本学者比较有发言权。根据几代学者的解释，大体上可以肯定所谓的浑脱是这样的：浑脱是囊形物，这个囊形物最初指的是动物被脱去骨肉以后的皮囊，将皮囊缝合，就可以当作动物原型。表演的人戴上这种动物皮囊制成的头套，或是全身穿这种皮囊来模仿动物，就被称为浑脱舞。事实上后来浑脱的含义又有所扩大，日本的古书里还讲到青蛙浑脱舞，青蛙这么小，不一定是用动物皮囊去做，可能是模仿动物的外皮。总之，其特点是带上动物皮囊模仿动物的一种舞蹈。另外，唐代把戴羊毛毡帽也称作浑脱。

第三个就是“浑脱”和“乞寒”，这两者其实在唐代文献当中并没有混淆，只不过那波利贞根据张说歌辞里的

“油囊取得天上水”，认为油囊就是浑脱，所以他说泼水也是浑脱舞。这只是个别的看法，没有取得大家一致的认识。

通过对这三者的分辨，我想先做出结论，然后再看日本的“苏莫遮”。“泼寒胡”“浑脱”“飒磨遮”都是各自独立的名称，其内涵并不相同。龟兹的“飒磨遮”源自于印度湿婆教秋季女神祭有关的节庆活动，包含公众参与的多种娱乐形式，在龟兹演变成了禳厌的方式。“持罥索搭钩，捉人为戏”这种方式没有传到长安，但舞人戴兽头假面，沾洒泥水等活动，与长安已有的泼寒胡风俗、浑脱舞有类似之处，三者在大型的节庆活动当中杂糅在一起，所以在唐人记载中就被混淆。

刚才讲了半天“苏莫遮”与印度的关系，最后我们来看它与日本的关系。“苏莫者”在日本是有小型乐舞的，根据记载，舞人身穿金黄色的蓑衣，扮成猴子形象，表示这是金色的猴子，在表演时要伸出舌头。伴随舞蹈还有人在吹奏笛子，表演的情形大体上就是这样。但是日本的“苏莫者”和“飒磨遮”有什么关系？它是从印度过来的，还是中国传过去的？

其实，从日本的“苏莫者”反过来也可以推知当时唐代的“飒磨遮”大概是什么情形。日本的《杂秘别录》在记载“苏莫者”时，也存在几种说法混杂的情况。在相扑节会上，人们穿着各种装扮，有人蒙着青蛙形状的东西，吹乞寒的曲子，又舞“苏莫者”。有些文献中说“苏莫遮”就是猿乐，不知道怎么判断才好。虽然没有定论，但是根据这段材料却可以看出，“苏莫者”刚刚传到日本的时候，不是成形的舞乐。浑脱之类的表演、乞寒曲、苏莫者并没有形成主题明确的歌舞，所以浑脱舞还没有和现存的日本唐乐“苏莫者”合为同一舞乐，“苏莫者”是散见在“剑气裈脱”之类的表演当中的，与散乐混杂在一起。

但是我们看现在日本“苏莫者”的舞容，是披着毛皮衣装的猿面舞人在独舞，在古日本的记载中，也被认为是“剑气裈脱”一类的散乐杂艺。但是日本古乐书《教训抄》将“苏莫者”的表演形态解释为大峰山，“苏莫者之峰”的山神闻笛起舞。所以中日研究者对这个乐曲是否来自唐代“苏莫遮”存在着争议。一共有三种古传的说法。第一种是说以前的役行者经过大峰山时吹笛，山神喜欢笛声，然后就现身起舞，吐出舌头，被役行者看到了，所以山神出现的山就叫作“苏莫者之峰”，这就是日本的“苏莫者”，跟中国的“苏莫遮”没什么关系。第二种也差不多，只不过是圣德太子经过龟濑的时候，在马上吹尺八，山神喜爱不禁起舞。还有一种说法来自于一些僧人，他们认为“苏莫遮”在《六波罗蜜多经》中已经说得很清楚了，这是佛世界的音乐。般若翻译的《六波罗蜜多经》里提道：“苏幕遮帽，覆人面首，令诸有情，见即戏弄。老苏莫遮亦复如是，从一城邑，至一城邑，一切众生被衰老帽，见皆戏弄。”

详细的研究会在明年一月的《文艺研究》上发表，文中会有比较详细的考证，在这里我只是简单地告诉大家结论。日本古乐书中记载的两种传说实际上是一回事，主要在日本的比叡山日吉地区传播，这个地区本来就流行猿信仰。另外就是公元6、7世纪时，兴起役行者的传说，役行者是役使鬼神的神。这两个传说在镰仓时代兴起并且结合在一起，是当时天台系修验道的人附会的。圣德太子吹笛的传说跟这个其实是一回事，只是主角换了，因为传说发生的地点都是一样的。役行者是天台寺所奉修验道的始祖，圣德太子也是天台宗的祖师之一，镰仓时代正好又是太子信仰盛行的时期，因修验道的兴起而与役行者的故事关联了起来。

“苏莫者”在日本主要是用来供养金刚院塔的，金刚院塔是密宗寺庙的塔，这样就可以追溯这个曲子最早的宗教来源。密教的形成是和印度湿婆教杜尔加女神崇拜密切相关的，西方学者已经做了很多的研究，我们中国的印度教学者在这方面也有很多说明，不需要我再来论证。日本的天台宗和密教的关系也很密切，唐代密宗的善无畏派在日本由最澄传承，天台宗和密教结合起来，称为“台密”。被比叡山密系教派奉为祖师的圣德太子和最澄的弟子圆仁都与“苏莫者”里尺八、笛子的传说有关。由此可知，“苏莫者”的两种传说与比叡山密系教派盛行的背景是有很大关系的。

“苏莫者”传到日本时，应该是和剑气浑脱、散乐杂艺，乃至乞寒等混杂在一起的，而不是今天所见到的舞台表演，这正是“苏莫遮”的原始形态，符合吕元泰、张说等人的记载。由于“飒磨遮”在唐代是一种大规模的群众娱乐活动，日本乐人只能从中选取一些有代表性的角色，连同唐代的“苏莫遮”乐曲一起传到日本。从“苏莫者”可以看出，戴猿面的形象具有突出的代表性，金色的猿面山神可以追溯到猿神在十胜节庆祝活动中所扮演的重要角色。

所以我的结论就是，通过考察日本的“苏莫者”舞人形象的原型，分析吹笛者或为役行者、或为圣德太子的两种传说，可以确认这两种传说都和比叡山密系教派在平安后期到镰仓时代兴起的背景有关。在这样的基础上，进一步追溯密教的形成与湿婆教杜尔加女神祭的关系，不难看出“苏莫者”的舞人和乐人都取自于慧琳所说的“飒磨遮”歌舞活动中的局部场面，是从唐朝传到日本的过程中形成的小型舞乐。中日“苏莫遮”之间是有渊源关系的。

我的报告就到这儿，谢谢大家。

（整理者　卢多果　孙晓敏）